DU MÊME AUTEUR

Aux Éditions Verticales

Les yeux secs, *1998 ; J'ai Lu, 1999*

L'invention du père, *1999 ; Seuil, « Points », n° P807, 2001*

La route de Midland, *2001 ; Seuil, « Points », n° P1021, 2002*

Les vies de Luka, *2002*

Exercices de deuil, *coll. « Minimales », 2004*

Sweet home, *2005 ; Folio, n° 4540, 2007*

La disparition de Richard Taylor, *2007 ; Folio, n° 4730, 2008*

Frère animal *(avec Florent Marchet), coll. « Minimales », 2008*

Le journal intime de Benjamin Lorca, *2010 ; Folio, n° 5277, 2011*

Je ne retrouve personne, *2013 ; Folio, n° 5867, 2015*

Pas exactement l'amour, *2015 ; Folio n° 6258, 2017. Prix de la nouvelle de l'Académie française 2015*

J'entends des regards que vous croyez muets, *2019 ; Folio, n° 6869, 2020*

Chez d'autres éditeurs

Les histoires de frères *(avec Catherine Lopès-Curval), Les Éditions du Chemin de fer, 2005*

Nos vies romancées, *Stock, 2011 ; Le Livre de Poche, 2013*

J'ai 20 ans qu'est-ce qui m'attend ? *(avec François Bégaudeau, Aurélie Filippetti, Maylis de Kerangal, Joy Sorman), Éditions Théâtre Ouvert, coll. « Enjeux », 2012*

Les garçons perdus *(avec Éric Caravaca), Éditions Le Bec en l'air, 2014*

Le Théâtre c'est (dans ta) classe ! *(avec Fabrice Melquiot, Valérie Poirier), Éditions L'Arche/Am Stram Gram, 2014*

Suite des œuvres d'Arnaud Cathrine en fin de volume

début de siècles

arnaud cathrine

début de siècles

verticales

je n'existe plus

Le jour où elle m'a fait visiter, Alice a prévenu : j'arrivais en pleins travaux. « Ils ont laissé cette dent creuse pendant trois ans et puis, ça y est, c'est parti. Tu vas voir que ça va pousser en moins de deux. Des logements sociaux, à ce qu'on dit. » Un immeuble insalubre qui venait d'être abattu sur le trottoir d'en face, entre Miss Paradis (une enseigne rose à laquelle il manque le M, un A et un S) et une boutique spécialisée en dératisation et désinsectisation (les animaux empaillés et les pièges dans la vitrine me font frissonner). Le chantier commence tôt le matin. Un énorme engin turbine jusqu'en milieu d'après-midi. J'ai dit à Alice que ça ne me dérangeait pas. Je crois même que le bruit continuel me rassure. De toute façon, je n'avais pas le choix : cette chambre de bonne était mon salut.

La pièce fait une dizaine de mètres carrés. Les tomettes sont bien entretenues. Je dois me plier en deux pour atteindre le canapé-lit à cause de la soupente. Alice me loge gratuitement. C'est très temporaire, l'ai-je rassurée. Bien sûr, ça ne l'est pas du tout.

C'est très exactement un refuge.

J'essaie de ne pas descendre l'embêter trop souvent, mais comme je n'ai quasiment rien pris en partant… Elle est toujours prête à me dépanner. Elle m'invite à dîner certains soirs. Je me retrouve à table comme une lointaine cousine avec son mari et leurs deux enfants (ils ont une grande cuisine, c'est une chance à Paris). Alice dit que je peux rester autant que je veux. Elle dit aussi que je dois prendre le temps de voir venir (cette phrase qui ne veut plus rien dire pour moi). Son mari me demande si j'ai des pistes. Évasive, je brode. Je n'en ai strictement aucune.

Bien sûr, Erwan n'a rien compris. Ça m'a pris si soudainement.

Je ne saurai jamais si j'ai aimé ce garçon. Ou si je l'ai aimé, puis désaimé. J'avais trente ans quand je l'ai rencontré, on est sortis ensemble, très vite on s'est installés. Ça a rassuré mes parents qui voyaient d'un mauvais œil que je sois devenue comédienne (chez nous, on se doit d'avoir une situation stable). Erwan et le cabinet d'architecture, c'était un signe rassurant.

Je ne lui ai pas fait le coup du mot laissé sur la console de l'entrée. Un soir, je lui ai dit que j'allais partir. Il m'a fixée, totalement incrédule. J'avais préparé un sac avec trois bricoles. Il m'a demandé de lui expliquer. C'était compliqué parce qu'il n'y avait pas grand-chose à expliquer. Je partais, c'est tout. Je quittais cette vie qui ne me convenait plus. « Enfin, jusque-là, elle te convenait parfaitement, cette vie ! » Sa voix était impérieuse, je veux dire qu'il a tout de suite compris que c'était du sérieux. Oui, jusque-là, notre vie me convenait. Et puis, plus du tout. Il n'y avait rien d'autre à ajouter malheureusement. Il était si sonné qu'il n'a pas cherché à me retenir, ce soir-là. Il était sidéré, quoi. Les jours suivants, il m'a laissé des dizaines de messages. Oui, on peut dire qu'après ça, il est passé à l'attaque. Dieu merci, il n'y a pas d'enfant dans l'histoire (horloge biologique oblige, il me pressait ces temps-ci ; ce n'est pas passé loin). Il a essayé de me joindre plusieurs fois par jour ; il n'acceptait pas cette décision, ni même et surtout l'absence terrifiante d'explication. Il supposait aussi que ça remettait en cause nos neuf ans de vie commune. J'espérais qu'il n'y penserait qu'avec le recul, mais ça lui est venu immédiatement, hélas (Erwan est intelligent). Comment le contredire : peut-être cette vie ne m'avait-elle jamais convenu, en effet, et m'étais-je toujours plus ou moins menti. Il est devenu insultant et terriblement culpabilisateur à mesure que ma messagerie l'éconduisait. J'ai changé de numéro.

Erwan ne connaît pas Alice, il n'a aucune chance de me retrouver. J'ai rencontré Alice au cours de pilates. Son secteur d'activité est suffisamment éloigné de celui d'Erwan. Je suis à l'abri.

Mes parents ont tout appris par lui. Ils m'ont harcelée. Je leur ai écrit des textos. Et je continue. Avec mon nouveau 07. Je les amadoue. Je gagne du temps.

Au fond, ma vie avec Erwan ressemblait à tellement d'autres. Banale et privilégiée. Mais il aura manqué cette faille par laquelle la lumière entre et dont parle Leonard Cohen dans je ne sais plus quelle chanson. Une brèche pour me tenir les yeux ouverts. Ou, si je suis honnête, pour me les ouvrir.

C'est curieux : à part ma carrière de comédienne, j'ai toujours eu à cœur de rester aussi proche que possible du modèle familial. Je me suis raconté que j'allais réussir ; ils seraient tous fiers de moi. Et puis, voilà : j'ai tout balancé du jour au lendemain. Je n'ai jamais été très courageuse mais, un jour, contre toute attente, je l'ai été. Certains font ça encore plus tard que moi. Il ne faut jamais désespérer de notre aptitude à la bravoure. On peut piétiner une vie à tout âge.

Je ne suis pas retournée au studio d'enregistrement depuis que j'ai quitté Erwan et l'appartement. Ce qui signifie que je n'ai plus aucun revenu et je n'ai pas le début d'un projet pour faire rentrer un peu d'argent. Je n'en cherche pas.

La pelleteuse en face s'est tue. Je choisis un documentaire France 5 sur mon portable et je branche la petite enceinte

Bluetooth. Je n'ai presque rien emporté, j'ai quand même pensé à deux ou trois choses essentielles. Je n'ai pas pris de livres, par exemple (je descends chez Alice lui en emprunter). De même, j'ai très peu de vêtements. Mais j'ai cette enceinte. De quoi habiter mon silence quand la pelleteuse se tait.

À la fin, au studio, j'avais systématiquement la nausée, à tel point que j'ai fait un test de grossesse ; heureusement non, ouf. Puis, j'ai accusé le café dont j'abusais. Une fois, je suis allée vomir aux toilettes. Je faisais une voix pour Citroën. Je devais dire : « Pour l'achat d'une Xsara Picasso Pack HDI, bénéficiez de la prime environnement de 750 euros. » Ni très difficile, ni si épouvantable. Rien à voir avec la jovialité atroce qu'on me demandait sur les jouets Polly Pocket, par exemple. Je n'avais qu'à parler droit, distinctement, ce serait vite fait. Mais, au moment de dire « Xsara Picasso Pack HDI », j'ai su que j'allais vomir. Je suis revenue finir la prise et c'est la dernière fois que j'ai mis les pieds au studio. Ce studio qui m'a grassement entretenue pendant cinq ans, soit dit en passant. Parce que oui, il avait bien fallu réagir le jour où Erwan avait fait remarquer qu'en tout et pour tout, depuis un an, je n'avais joué que dans deux courts-métrages non rémunérés et un projet de théâtre à Tremblay. J'avais aussitôt postulé pour faire de la postsynchronisation, espérant travailler pour Arte, par exemple ; j'aurais tout accepté, même un documentaire sur les pharaons. J'avais terminé chez GiFi et Taureau Ailé.

Un matin, je me suis levée aphone. J'ai signifié à Erwan que je n'avais plus de voix, et je ne suis pas allée enregistrer. Mon corps ne voulait plus. C'est le corps qui lance les signaux d'alerte. Il sait des choses que nous ne savons pas, ou pas encore. Une semaine plus tard, je quittais Erwan et notre appartement.

Cet autre jour où il m'a dit : « J'ai pris des billets pour Positano. » Je rêvais d'y aller depuis que j'avais lu le livre de Goliarda Sapienza. Le village bigarré à flanc de colline, plongeant vers la mer, les rues escarpées et tortueuses : rien ne me faisait plus rêver à un certain moment que Positano. Erwan en savait quelque chose, lui qui avait toujours essayé de me décourager, arguant que nous n'y trouverions qu'un piège à touristes, une regrettable fourmilière d'Allemands en Birkenstock (ou de Japonais, je ne sais plus quelle nationalité Erwan avait accusée). Il préférait Rome, il préférait Milan (pas moins garnis, on me l'accordera), donc nous allâmes à Rome, nous allâmes à Milan. Je ne connaîtrais Positano que dans les mots de Goliarda. Je m'étais fait une raison. Alors le jour où Erwan a dit (c'était il n'y a pas si longtemps) : « J'ai pris des billets pour Positano », je n'ai rien ressenti. Ni joie ni excitation. Et je ne m'en suis pas alarmée sur le coup. Quelque chose s'est pourtant précipité à partir de là. Nous avons entamé la dernière ligne droite, dois-je croire. Aujourd'hui, je ne m'imagine pas du tout à Positano avec Erwan. Jamais de la vie. C'était voué depuis le début à n'être qu'un voyage sans lui. Une virée livresque dans un temps volé à ma vie conjugale. Je ne l'ai compris que récemment.

Nous étions supposés nous envoler mi-mai. J'ai disparu fin avril.

Ce 27 avril, c'est comme si j'avais pris (appliqué) une décision mûrie de longue date mais sans moi, une disposition fomentée dans mon dos au terme d'un procès auquel je ne fus jamais conviée bien qu'il me concernât au premier chef. Lentement mais sûrement, les pièces d'un chef d'accusation s'étaient amoncelées, une plaidoirie s'était tenue, implacable. J'avais été informée du jugement *in fine*, il n'était plus temps pour quiconque de faire appel, j'avais obtempéré, j'étais partie, juste étourdie que cela arrivât, mais obscurément certaine que justice avait été rendue. Aujourd'hui, je sais gré aux juges en moi, même si je ne les connais toujours pas.

Il y a tant de jours fatidiques qui ont disparu dans une trappe insidieuse de ma conscience mais ont bel et bien fini par forger la matière d'une décision irrévocable.

Les roches proviennent de l'accumulation de sédiments qui se déposent en couches ou lits superposés, appelés *strates*. Moi aussi, je suis constituée de dizaines de strates accumulées. Je suis de pierre.

Le jour où ma mère m'a dit: « Tu devrais mettre Erwan au régime. »

Le jour où il m'a dit : « Tu te souviens qu'on a les Perrin à dîner ce soir ? » (Je pourrais commenter.)

« Ces couteaux ne coupent plus, bordel. »

« Je t'ai pris ton morgon chez le caviste en passant. »

« Tu peux baisser, s'il te plaît ? »

« Marche pas là, c'est plein d'eau. »

Juste la vie. Qui aurait pu durer sans accrocs majeurs. Deux alliés. Qui faisaient encore l'amour.

Je ne me projetais pas. Plus. Je ne l'ai su qu'après.

Les plages à perte de vue de Sotavento et du Pyla. Les nuits profondes à Beauvallon, à Biarritz. Les virées improvisées à Trouville. Que ne donnerais-je pas aujourd'hui pour avoir vécu tout ça avec quelqu'un d'autre qu'Erwan. Ou même pas du tout. Là : l'indécence que je ne peux plus taire.

Soixante-dix mètres carrés, troisième étage, métro Arts et Métiers. J'avais choisi les rideaux avec ma mère au BHV (journée – 40 %). La bibliothèque, Erwan l'avait confectionnée lui-même. Trois cents euros tout compris chez Leroy Merlin (planches sur mesure et équerres). Son ami Bertrand avait prêté la perceuse. Draps – couleur anis – en lin lavé. Peintures mates de chez Emery. Séjour : *bleu kasbah*. Cuisine : *terres rouges*. Suite parentale : *absinthe*.

Je n'ai jamais aimé cet appartement. Ça aussi, je ne l'ai su qu'après.

Je n'ai aucun projet. Presque plus d'économies. Pour autant, je refuse d'envisager quoi que ce soit. Jusque-là, on m'a tout dicté (y compris mes grands rêves de comédienne, je ne suis plus dupe), alors j'ai décidé de ne rien entreprendre parce que ce serait encore et à coup sûr obéir à un ordre venu d'au-dessus, peu importe la nature de cet « au-dessus » (famille, norme sociale, fantasme ou délire collectif). C'est moi qui suis au-dessus, à présent, dans mes dix mètres carrés au sixième étage où résonnent une pelleteuse et des documentaires de toutes sortes. C'est la première fois de ma vie que je suis libre.

La journée, je vais marcher. J'évite mon ancien quartier où se trouvent également les bureaux d'Erwan. Je marche, reliant des arrondissements que je savais – abstraitement – contigus mais dont je ne connaissais pas les frontières communes. Par exemple, j'ai découvert que l'un des trottoirs de la rue du Faubourg-du-Temple se trouve dans le dixième et l'autre dans le onzième. C'est à force de faire gaffe à l'endroit où je me trouve (craignant de croiser Erwan) que j'ai identifié ces jonctions. Je tourne autour de mon ancienne vie, j'en explore les confins dont je n'attends rien, sinon la liberté de m'y promener sans but.

J'aime bien Passy, où vécut Balzac. C'est huppé, un peu sinueux et désert. Bien sûr, il y a l'arrière de Montmartre, on se croirait en province. Je ne vais jamais du côté de la

BnF ou de Montparnasse. Dans l'ensemble, je reste plutôt rive droite.

Je vois les passants comme je ne les avais jamais vus. Je veux dire que j'ai accès à des bribes d'eux-mêmes, soit qu'ils les portent sur eux, soit que j'attrape au vol une ou deux phrases, et c'est une chose nouvelle pour moi. Avant, je prenais très rarement en considération la vie des gens. Je prenais ma vie avec Erwan en considération, et un peu celle de mes proches. Ma seule fenêtre sur le monde résidait dans le répertoire théâtral qui est allé en s'amenuisant avec les années, puis s'est résumé à des messages publicitaires. Aujourd'hui, je vois toutes ces trajectoires qui se croisent, peu enviables pour certaines, plus opaques et attirantes pour d'autres. Je n'en fais rien. Juste, elles existent.

Je prends une poignée d'amis au téléphone. Ils me demandent ce que je vais faire. Envie de leur répondre : « Je n'existe plus, merci. »

J'entends : « Mais ce n'est pas une solution. » Je sais. Je sais parfaitement ce que je fais. Ce n'est pas une solution de disparaître de la vie qu'on s'était concoctée, plus ou moins conforme et réussie. Ce n'est pas une solution de dire non au devenir qui nous incombe. Je prends cette liberté de ne rien devenir et je disparais. J'ajoute en fin d'appel : « Je reste joignable. »

« Mais tu fais quoi de tes journées ? » Je flâne, je prends garde à l'espace entre le marchepied et le quai. J'écoute la pelleteuse en bas. Je lis. J'observe les rats empaillés dans la boutique d'en face et je frissonne. Je fais exactement ce que vous feriez à ma place.

« Erwan demande si j'ai des nouvelles de toi. Je dis quoi ? » Ce n'est plus mon histoire. (Pardon pour la gêne occasionnée.)

« Mais tu rencontres des gens ? »

« Comment tu peux assumer d'être logée gratuitement par cette amie ? »

« Je pense que tu es en dépression. »

« Je pense que tu fais un burn-out. »

Trop glacée pour brûler, je prends néanmoins le « out ». Il me plaît bien ce « out ».

Et je sais ce qu'ils disent de moi entre eux. En des termes plus crus que ceux qu'ils m'adressent au téléphone. Que j'ai dévissé. Qu'il faudrait me conduire à Sainte-Anne. Je connais les procédures d'internement à la demande d'un tiers. C'est pour cette raison que je consens à répondre au téléphone. « Elle a l'air si normale, voix posée… » Je maîtrise, je contrôle.

Quand j'en ai assez de me justifier, je propose à Alice de garder les enfants, des jumeaux de neuf ans incroyablement dissemblables. Antoine est aussi calme et pondéré que

Pierre impulsif et risque-tout. « Et pourtant, on les élève de la même façon », assure leur mère. Je suis bien avec eux car ils ne me posent aucune question, peu curieux de savoir ce que je fais là ou quelle est ma vie, seul le présent de nos jeux les intéresse. C'est bien.

Cela aussi, je ne le formule qu'aujourd'hui mais ce devait être en moi depuis toujours : les enfants des autres, c'est suffisant.

Ce matin, j'ai assisté à un spectacle assez beau : les ouvriers avaient bloqué la rue et une grue transbahutait d'énormes barres de béton. J'ai contemplé pendant plus d'une heure les masses grises quitter le bitume, s'élever dans les airs en tournant sur elles-mêmes, puis venir se poser délicatement sur la terre creusée du chantier.

Non, je ne rentrerai pas à la maison, je ne retrouverai pas Erwan, l'appartement et le pays où la vie est moins chère.

Appelez ça comme vous voulez. Je m'en fous.

Je ne sauterai pas non plus du sixième étage. Il n'y aurait qu'une alternative ? Jouer le jeu ou mourir ? Je postule autre chose.

Erwan aura tout essayé. M'accuser du pire, m'implorer comme un enfant désemparé. Aujourd'hui, il doit me haïr. Il faut bien se défendre quand on ne comprend pas.

J'accepterais très volontiers qu'il me haïsse. Mes amis se gardent bien de me parler d'une chose pareille. Normal, ils sont missionnés. Ils ont l'espoir que je revienne. À la raison, à la maison.

Il fait froid dans cette chambre de bonne. Il y a un radiateur électrique un peu poussif, je me réveille avec le nez bouché. Bon, j'ai déjà un abri, je ne me plains pas. Geindre me ferait horreur.

J'ai été aimée par mes parents, vraiment aimée. Et j'ai adoré mettre mes pas dans les leurs (j'étais juste inquiète à l'idée de ne pas réussir à gagner assez d'argent). Et ça me serre la gorge quand je pense à la maison d'Hyères, par exemple. Qu'on ait aimé ou détesté le lieu de notre enfance, ça reste le lieu de notre enfance. Les vacances aux Arcs, les étés en Suisse. J'étais des leurs. Complètement. Et puis, plus du tout.

Trop tard pour la psychanalyse. J'ai pris mes dispositions. J'écoute enfin ce corps qui me signifiait les choses depuis longtemps mais que je n'entendais pas. J'arrête tout. Ce n'est pas une solution, mais personne ne l'a encore essayée. Il faut bien que quelqu'un essaie.

Ma mère m'écrit des textos quotidiennement. Je ne réponds jamais sur le moment. J'attends d'être sûre de moi. Le verbe bien haut et affirmé. Je ne voudrais pas me laisser déstabiliser (c'est facile, je suis attaquable).

J'ai vu dans un documentaire sur France 5 que les lionnes finissent toutes par abandonner leurs petits, pour qu'ils se débrouillent par eux-mêmes. Pourquoi pas nous ? J'aurais peut-être souhaité qu'on m'abandonne. Enfin : qu'on me lâche. Et alors GiFi n'aurait pas eu ma peau. C'est une façon sommaire de voir les choses. Il y en aurait d'autres.

Parfois, je pleure parce que je n'aurais jamais imaginé ça. Puis, la tristesse passe et un sentiment de puissance apaisé me revient.

Je n'existe plus. C'est quelque chose, même s'il n'y a pas beaucoup de mots pour en parler. La vie qu'on nous a faite n'est pas taillée pour ça, donc les mots manquent. Théoriquement, il n'est pas permis d'arrêter. De sauter du train en marche. Ou alors on se tue.

Je ne me tue pas.
Vous aussi, vous en avez eu envie un jour.
Je le fais pour moi et je le fais pour vous.
Je le fais pour nous tous.

Alors voilà, je vais bien. Je vais très bien. Je mène mon projet qui est de n'en avoir aucun. Et je ne laisserai personne m'en détourner. Si je dois quitter la chambre d'Alice, je trouverai un autre refuge. Et, de nouveau, je ne deviendrai personne.

Pour finir (sur une fin provisoire, cela va sans dire, puisque ça va continuer, je vous parle le plus sincèrement du monde, précisément pour que cette fin n'en soit pas une, et que vous sachiez que je vais continuer comme ça, juste : continuer), pour finir, je vous dirai ceci : si vous avez du mal à me regarder en face sans vous dire que je suis devenue folle et que je devrais être conduite à Sainte-Anne, alors c'est que j'avais raison : nous nous sommes tous laissé dévorer.

je serai un grand mort

Une nuit de février 1920, j'ai fondé l'Agence Générale du Suicide, société reconnue d'utilité publique au capital de 5 millions de francs. Le siège en était situé à l'adresse familiale, 73 boulevard Montparnasse. La réclame que je fis imprimer par mes amis célébrait des succursales à Lyon, Bordeaux, Marseille, Dublin, Monte-Carlo et San Francisco. J'y promettais aux plus désenchantés de notre génération un moyen correct de quitter la vie. J'avais fixé des tarifs peu prohibitifs, allant de 200 francs pour l'électrocution à 5 francs pour la pendaison (corde vendue au prix de 20 francs le mètre et 5 francs pour 10 centimètres supplémentaires). 500 francs pour une mort parfumée (taxe de luxe comprise). Magnanime pour ce qui est de la mort par noyade : 50 francs seulement alors qu'on imagine qu'elle eût exigé bien des exploits sportifs du côté de l'humble exécutant. Les banals poison et revolver revenaient à 100 modiques francs. C'est là l'entreprise la plus humaniste à laquelle j'aurais jamais songé, étant entendu que tout un chacun est le plus souvent détourné du soulagement que pourrait lui procurer le suicide par simple crainte de se rater.

Quand j'y pense : c'était il y a trois ans seulement. Dada battait son plein. On s'amusait bien.

Je soussigné, Monsieur Jacques Rigaut, âgé de vingt-quatre ans, déclare qu'en ce 27 août 1923, la fête est finie. Certifie que je ne publierai plus jamais aucun texte en revue ni ailleurs, et ne griffonnerai plus aucun mot passé la présente. Tous mes feuillets seront brûlés et l'on ne retiendra rien de moi si possible, pas même la semence que j'aurais cru bon d'abandonner dans quelques cons aimés. Je mandate Monsieur André Breton de m'en être témoin et de faire inscrire sur ma tombe : « Ci-gît J. R. qui joua toute sa vie avec le néant et finit par se tuer avec. »

On frappe à ma porte. Je reconnais la main frêle et agaçante de ma mère.

— Quoi ?

— Une visite pour toi.

— Je ne peux pas, j'écris mon testament !

Je vois d'ici son visage impassible et las. Je me balance sur ma chaise, le stylo dans la bouche.

— Attends ! C'est une femme ?

J'entends ses pas qui reviennent en craquant sur les lattes disjointes.

— C'est Drieu.

Les deux pieds de ma chaise claquent sèchement sur

le parquet. Drieu… Il fallait bien que cela arrive. Trois semaines que je m'échine à l'éviter et ne réponds à aucun de ses mots.

Je cherche mes dés. Les lance. Deux fois le chiffre 1. Pas le choix, décidé-je.

— Dis-lui de m'attendre au salon.

Je renifle une ligne de coco. Surtout : ne pas lui casser la gueule. Je me débarrasse de mon pyjama, enfile chemise et costume en toute hâte, noue ma cravate. Courage, Rigaut.

> Gonzague était vide et il s'exerçait à faire le vide en lui. D'abord, il était ignorant, ignare. Ne sachant rien du passé, il laissait aussi le présent lui échapper. Il ne lisait pas les livres, il ne regardait pas les tableaux, il n'écoutait pas la musique.

Aux premiers jours d'août, Drieu (qui est sans doute l'un de mes plus proches amis avec Soupault et Porel) a fait paraître dans *La NRF* un récit intitulé *La valise vide* que le Tout-Paris s'est aussitôt arraché. Sous les traits d'un certain Gonzague, il y dresse mon portrait.

> Gonzague n'avait que vingt-deux ans, mais il en savait moins qu'un enfant de dix ans. Je lui souhaitais un ami pédant qui se donnât les gants de lui faire un affront public et de le forcer à ouvrir la valise vide avec laquelle il pensait plus tard improviser des tours de prestidigitation.

Sitôt lu, je me suis fait porter pâle aux fêtes et réunions, arguant de mon désintérêt pour notre Dada qui, de toute façon, me paraissait mort et à enterrer. Depuis, je repousse le moment tant redouté des retrouvailles. Même Jacques-Émile Blanche (dont je suis le secrétaire pour gagner un peu ma vie, le seul à me prendre au sérieux dans toute cette ville) se demande comment on pourrait se revoir, Drieu et moi, après « pareille infamie ».

> « Il ne se reliait aux autres que par ces liens ténus de la médisance. Aussi multipliait-il les contacts veules pour se donner le change et ne pas se voir isolé. Mais aucune amitié, aucun amour. »

La vérité que Drieu n'obtiendra jamais de moi, ni aujourd'hui ni dans l'au-delà, c'est que sa *valise vide* m'a crucifié. Littéralement : je n'ai pas quitté ma chambre pendant près d'une semaine. Je l'aurais tué. Voyant que tout Saint-Germain glosait, il m'est arrivé de m'abandonner à la saveur narcissique qu'il y avait à en retirer, mais sans jamais trouver la force de convoquer mon *ami*. Mais est-il encore un ami celui qui décide pour nous de rendre publiques nos laideurs ? Comment imaginer que l'être avec qui je passe le plus clair de mon temps serait capable de me planter ce couteau dans le dos ? Si je dois être tout à fait honnête, on m'avait prévenu. Chacun a toujours plus ou moins soupçonné un fond de perversité chez Drieu. Je n'en mène pas large à quelques minutes de retrouver son profil fier ou piteux, qu'en sais-je ? Que restera-t-il de nous ? On me fait passer pour un cynique invétéré mais j'ai quelque douleur à poser cette question.

*

C'est une fin de matinée brûlante. À peine traversé le boulevard, je ruisselle déjà. Pierre a retroussé ses manches (peut-être suis-je le seul des deux à y voir un signe), veste sur l'épaule. Nous remontons la rue de Rennes. Nos regards se sont à peine croisés. Je lui ai donné une rapide accolade dans le vestibule après qu'il m'a tendu un bouquet de violettes que j'ai confié à ma mère. Puis je l'ai entraîné dehors et j'ai inventorié, d'une voix qui ne laissait guère de place à la sienne, tous les cafés où nous pourrions prendre le premier porto de la journée. Finalement, j'ai décidé que nous allions commencer par faire un tour au Bon Marché.

J'ai le cœur serré quand je vois se profiler la façade massive du grand magasin où mon père a travaillé toute sa vie. C'était toujours une vague honte de le croiser, misérable inspecteur. La plupart du temps, je détournais le regard et faisais comme si je ne l'avais pas vu. Depuis qu'il a pris sa retraite, les souvenirs demeurent, les impressions désagréables aussi, mais le terrain de chasse m'est plus favorable.

— Je vais te présenter le vendeur le moins soupçonneux de toute la place de Paris, dis-je à Drieu en passant les portes-tambours. Il ne me reconnaît jamais, tu vas voir.

Nous croisons une horde de magnifiques mannequins sans tête, vêtus de manteaux au col d'astrakan qui leur tombent juste en dessous du genou. C'est un ravissement de voir ces belles chevilles apparaître. On ne remerciera jamais assez Mademoiselle Chanel (on attend fébrilement les cuisses).

J'entraîne Drieu au rayon hommes. J'attrape sans m'arrêter un fédora que je lui glisse sur la tête. Il a un geste de recul, comme s'il se défendait d'une caresse, et va le reposer immédiatement.

Je repère mon homme. C'est un type sans âge à force d'obséquieuses manières, crâne lisse et traits émaciés. On dirait qu'il est là depuis toujours. Il nous salue en se penchant exagérément et je jette un regard rapide sur les costumes exposés, tandis que Pierre lambine, l'esprit manifestement ailleurs (tout est fait pour).

— Cher monsieur, dis-je au vendeur, voudriez-vous bien essayer pour moi cette veste ? C'est un cadeau que je souhaiterais faire à mon père et je pense que vous avez parfaitement sa taille.

Décontenancé, mon homme enfile le modèle que je lui ai désigné et, bras ballants, il patiente tandis que je l'observe en lui tournant autour. Je demande le prix du costume en comptant les trois pièces. Je prends un air hésitant.

— C'est cher. Mais que ne ferait-on pas pour son vieux ? Je vous remercie. Je vais réfléchir.

Je fais signe à Drieu de me suivre. Une fois sur le trottoir, je sors la paire de chaussettes de ma poche.

— C'est pour toi. De la meilleure marque anglaise.

— Tu continues ?

— C'est un principe. Allons aux Deux Magots. Tu sais que j'ai une nouvelle collection ?

Je sors les deux boutons beiges.

— À l'instant ?

— À l'instant même. Des manches du vendeur.

Je brandis la paire de petits ciseaux que j'ai désormais toujours sur moi.

— Il suffit de les regarder droit dans les yeux. Ils ne sentent rien.

Je marche à grands pas, comme si je voulais semer Pierre. Je me force à ralentir. Il m'attrape le bras et nous cheminons comme au bon vieux temps.

— Tu t'es encore battu.

Il désigne du menton mon arcade sourcilière.

— Un chauffeur imbécile qui prétendait que la rue du Sabot n'existait pas. Mais j'ai payé après avoir cogné.

Le silence retombe, empesé comme jamais.

— Alors où étais-tu passé ? finit-il par dire.

— Travaillais à Offranville avec Blanche.

— Sais-tu ce qui se murmure partout ?

— « Rigaut s'est-il enfin tué ? »

— Tout juste.

— Eh bien non. Pourquoi me tuerais-je déjà ?

Nous nous attablons à la terrasse des Deux Magots, en première ligne.

— Deux portos !

— Et si j'avais envie d'autre chose ?

— Tu es content pour tes chaussettes ? Elles vont t'aller à merveille. Les femmes remarquent ce genre de détails.

Il prend un air agacé.

— On fait quoi ce soir ? continué-je à dessein. Si on s'invitait chez une bécasse qu'on ne connaît ni d'Ève ni d'Adam ? Ou rappellerait-on Peignot pour savoir s'il orchestre toujours ses partouzes ?

Bien sûr, Pierre n'apprécie pas. Il est venu trouver l'animal blessé : il retrouve l'être inconsistant qu'il a toujours connu. Les portos arrivent et j'insiste pour trinquer. Je bois le mien d'une traite.

— Je vais me marier, Pierre.

Il me fait des yeux ronds.

— On peut savoir comment elle s'appelle ?

— Tu vois que tu me prends au sérieux quand tu veux !

— Je suis sûr que tu le ferais…

— Je vais partir pour New York. Je compte m'y enticher d'une héritière digne de ce nom. Être un imbécile richissime : c'est encore ce qui m'ira le mieux.

— Et tu partirais avec quel argent ?

Tiens, je te concède cette passe :

— C'est vrai : je ne l'ai pas. Mais je dois partir. Je n'ai plus envie de faire le larbin pour Blanche.

— Quand ?

— Dès que possible. Tu aimerais New York, tu sais. Tu pourrais venir avec moi.

Il ne comprend rien, et c'est bien naturel.

Je commande un whisky. Pierre n'a pas touché à son verre. Il a un air d'enfant écœuré par son plat.

— On dit que tout est *plus* là-bas, continué-je. Il y aurait un supplément de vie que même Montparnasse ne saurait concurrencer.

— Et qu'y feras-tu après avoir épousé ton héritière ? Tu t'emmerderas à cent sous de l'heure, je te le prédis.

— Je monterai une affaire. J'ai mon idée.

Il me regarde avec mépris. Me marier, faire de l'argent, et ne plus être ce trublion à la dérive qu'il a épinglé comme un éphémère mais auquel il tient plus qu'il ne semble se l'avouer…

Je suis d'humeur à enfoncer le clou. C'est qu'il faut bien se défendre.

— Soyons sérieux : quels sont les moyens de devenir riche en un temps record ? On les connaît : les courses, le baccara, la Bourse, la mort de nos vieux et les femmes riches.

Drieu est à deux doigts de sortir de ses gonds.

— Cette obsession du fric ! s'écrie-t-il. Quel prolo tu fais ! Pourquoi toujours le fric, bon Dieu ?

— Mais pour le dépenser, pardi ! Ne te trompe pas : ce qui est vulgaire, ce n'est pas d'avoir de l'argent ou d'en chercher, mais de le garder. Tu seras bien content quand je ne serai plus obligé de voler tes chaussettes. Et toute cette coco que je pourrai nous payer.

Nous payer ? Cette petite phrase m'arrache le cœur d'un coup sec.

— Tu voudrais que je retourne roupiller à la banque ? Non, je refuse de travailler.

— Parle moins vite, Jacques. Je t'assure qu'on a du mal à te suivre.

— Je vais tout recommencer à zéro. Et plus personne ne saura d'où je viens. C'est épuisant d'être chic et pauvre, d'avoir faim en costume.

Par la force de l'habitude, des amorces de confidences se balbutient sans que je formule toutefois l'essentiel. Je m'aperçois qu'il en a toujours été ainsi entre Drieu et moi. Qu'est-ce que cette amitié qui n'est jamais vraiment allée jusqu'au bout ? Cela tient-il à moi, à lui ? Si Pierre était vraiment mon intime, ne lui aurais-je pas parlé dès le printemps de la crise carabinée que je traverse ? Je ne supporte plus le rôle que je m'efforce de jouer depuis si longtemps. L'alibi du dandysme me navre. Tout y est factice et irrespirable. Je n'ai jamais tenu que des propos amorphes. Dada m'aura autant diverti, me sauvant de moi-même, qu'il m'aura caricaturé, me laissant à côté de moi-même. J'essaie de m'arranger avec la vie et je n'y arrive pas. *La valise vide* a enfoncé le clou. Drieu y a consacré mon grand ratage, et il m'a convaincu. Oui, j'ai pensé être un poète quand bien même je conchiais les littérateurs. Et non, Pierre n'a jamais cru en moi. Voilà ce que recèle de plus tueur son tranchant bagage. Que je suis et resterai un écrivain du néant. Il l'a toujours pensé et ne me l'a jamais dit sinon dans ce foutu texte. Qui le supporterait ? Et pourquoi m'avoir pris pour modèle sinon pour me dédommager d'être ce raté ? Ainsi aurais-je eu mon heure de gloire, les miettes d'un destin dans *La NRF*…

Pierre, tu me donnes envie de mourir.
Comme jamais je n'ai eu envie de mourir.
Tu as ce pouvoir.
Le sais-tu ?

L'amour ne tient à rien aujourd'hui (ai-je jamais réellement désiré l'amour ?). C'est un leurre où il ne faut entendre que le plaisir. Et le plaisir, on s'en déprend aussi vite qu'on s'y est vautré. L'amitié est infiniment supérieure, elle fore sous l'épiderme, c'est l'ami qu'on a dans la peau, pas la femme. Quand Drieu me contemple avec cet éclat sadique auquel se mêle la compassion fascinée du pédéraste qui s'ignore, je le planterais bien là pour m'en retourner à la maison sortir de son tiroir le revolver dont a usé mon grand-père et qui ne quitte jamais ma chambre, ce même revolver que j'ai utilisé lors de mon troisième suicide (je n'avais mis qu'une balle dans le barillet, je suis mal tombé, le coup n'est pas parti, je me suis recouché).

Je bois mon whisky dans un silence malaisé. Je suis un homme qui cherche à ne pas mourir et je voudrais me soustraire au regard assassin de mon ami. Son regard... Mes yeux se mettent à parcourir l'ovale sévère de son visage et une tristesse familière me remonte dans la gorge. C'est toujours Max que je vois brutalement apparaître quand je contemple Drieu... Les lèvres charnues, l'arête droite du nez, les paupières tombantes : Maxime...

C'est vrai que j'ai commencé par trouver cette guerre épatante : esthétique, lyrique, sportive. Jusqu'à ce qu'un obus me ravisse Maxime. Mon ami de toujours. La belle intelligence qui m'a élevé, me sauvant de l'inculture crasse dont Drieu affuble éhontément son Gonzague, mais aussi des crétins miséreux de mon milieu. Épatante la guerre ?

Quel con ! Mon deuil sera éternel. À chacun son Max : nous jouons tous les fiers écervelés, mais cette guerre aura irrémédiablement fendu en deux le socle de vigueur et d'allant que nous avions à jouer du haut de notre jeunesse et que nous ne faisons plus que singer en une grimace que nul n'irait à présent déceler tant elle nous fait un masque insoupçonnable depuis notre démobilisation. Non, personne ne me rendra Max et sa nonchalance ironique (qui serait plutôt une sorte de morgue chez Drieu, comme chez les enfants ayant compris trop tôt les règles du jeu et qui ne songent plus qu'à en tirer leur épingle). Tout était fait pour que ma vie soit arrangée avec celle de Max, parallèlement. Il est et restera mon irremplaçable. Pierre, tu ne prendras jamais sa place, quand bien même je te l'ai certainement désignée lorsque nous nous sommes rencontrés. Et peut-être le sais-tu, au fond de toi. Voilà la vérité de notre amitié que je ne me formule qu'aujourd'hui (comme c'est curieux de m'être tenu si loin de l'évidence tout ce temps ; il aura fallu que tu me trahisses) : tu ne seras jamais Max et, pour cela, tu m'en veux mortellement.

— Tu ne me parles pas de *La valise vide* ? Tu ne l'as pas lue ?

Voilà : c'est le moment.

— Qu'est-ce qui te fait dire ça ?

— Alors parle-moi !

— Tu te souviens comment se terminaient nos parties de jeu de la vérité chez Breton ?

— Mal, admet-il.

Il garde contenance mais je vois bien qu'il est tout tremblant intérieurement. Il a aussi écrit cette nouvelle pour en voir les effets sur moi. Je prends mon temps. S'il savoure son léger effroi, je compte moi aussi déguster les préliminaires de ce procès que je ne lui ferai pas.

— Mon tailleur n'est pas si médiocre contrairement à ce que tu écris.

Il réprime un soupir.

— Ah si : il y a cette chose qui m'a touché. C'est vrai que nous nous sommes toujours harcelés de mille questions, toi et moi, sans qu'aucun ne réponde jamais à l'autre. Pour autant, on peut dire que nous nous sommes éclairés… Tourne la tête, je vois Satie qui arrive. Je n'ai pas du tout envie qu'il nous colle.

Nous laissons passer le petit binoclard barbu.

— Et sinon ? quémande Drieu.

Décidément il tient vraiment à tendre les deux joues.

— Sinon ceci : à te lire, on sent que tu m'aimes jusqu'à un point innommé.

Il se redresse, la pupille offusquée.

— Toi, toi, toi ! Tu sembles ne pas vouloir comprendre que j'ai fait le portrait de notre génération !

— Pierre, par pitié : assume.

Il est saisi. C'est si facile jusque-là.

— Assez triché, mon vieux, soufflé-je. Gonzague, ce n'est pas moi.

J'observe un silence.

— Gonzague, c'est toi.

Il fallait que je l'aie en face de moi pour comprendre : Drieu avait besoin de me prendre pour modèle et qu'ainsi je l'amène jusqu'à lui-même. Mais tu m'emmerdes, vas-y tout seul ! C'est le seul courage qui nous incombe !

— Souhaites-tu que je lance une souscription ? dit-il très sérieusement.

— De quoi parles-tu ?

— De financer ton départ pour New York.

J'observe son front haut et bombé, ces cernes sombres qui me fixent. Lequel est devenu le témoin le plus gênant de l'autre ?

— Tu ferais ça ?

— Nous n'avons que des amis riches. Ce sera vite fait.

Une jolie fille d'à peine vingt ans passe devant nous. Sa jupe soyeuse manque frôler notre petite table ronde.

— Tu ne lui dis rien ? s'étonne Pierre. Tu ne l'arrêtes même pas ?

Je hausse les épaules, englouti dans un cafard que le whisky ne parvient pas à délayer. Tout se mêle : Maxime, le grand fiasco, *La valise vide*…

— La plus belle fille du monde ne peut me donner que ce que j'ai, Pierre.

— Il y a encore six mois, proteste-t-il, tu l'aurais suivie.

— « L'amour est fatigué. » C'est toi qui l'as écrit. Et puis, à quoi bon pourchasser une femme dont on ignore combien elle a de cylindres à sa voiture ? Assez perdu de temps : la vie sera courte.

Il agite une main devant mes yeux.

— Jacques, est-ce que tu pourrais arrêter de réciter, sortir de toi et t'intéresser enfin aux autres ?

— Tu trouves que je ne m'intéresse pas assez à toi, n'est-ce pas ?

Il se rencogne dans son fauteuil.

— Je te promets : je lance tout de suite une souscription. Tu seras parti fin septembre.

J'avise le cendrier sur la table, le vide par terre et l'enfourne dans ma poche.

— Encore ? Tu en as trente des comme ça !

— Mais là, j'avais envie.

Il lâche un rire comme quand l'attendrissement pour un gosse finit par l'emporter sur l'agacement. Moi, aujourd'hui, je n'ai pas envie de rire avec lui et ça me fait mal.

— Que vas-tu faire ces jours-ci ? demande-t-il.

— Jeanne m'invite à Pornichet.

— Encore une riche divorcée. Bravo. Enfin, pas de première jeunesse…

— Je n'ai jamais eu l'inélégance de lui demander son âge. J'aime son petit Billy. On s'entend comme larrons en foire. Sur la plage, on me prend pour son père. J'aime ça.

— Père, tu le seras peut-être.

— J'en doute.

Sa sollicitude soudaine me dégoûte.

M'étais-je déjà à ce point trompé sur quelqu'un ?

Qui est-il celui-là qui ne peut s'empêcher de nous faire mal quand il voudrait secrètement nous prendre contre son épaule et nous réchauffer ?

Alors voilà : tout est dit et rien ne s'est dit.

Là, notre éclatante défaite, Pierre.

Et le pire dans tout ça, c'est qu'on se reverra.

— Je te laisse, mon vieux.

Je vois la déception alourdir ses épaules d'un coup.

— J'ai à faire.

— Quoi ?

— Remplir ma *valise*. J'attends des nouvelles de ta souscription.

— Tu en auras.

— Ne me déçois pas. Je te laisse payer.

Je me lève et m'éloigne. Je suis presque certain qu'il me suit des yeux. Je l'entends d'ici me dire : « Pour la dernière fois, Jacques : arrête de dandiner. »

*

Je sais exactement comment cela se déroulera.

On aura mis un complet fraîchement repassé. On sera cravaté et rasé de près.

On mesurera, au moyen d'une règle, l'emplacement du cœur.

On calera ses pieds contre la barre du lit, sans quoi un mouvement de recul pourrait faire dévier la balle.

On aura pris soin de s'allonger sur une alèse.

On tirera à travers l'oreiller.

À toi qui ne m'auras jamais pris au sérieux tout en t'ingéniant à accélérer la manœuvre ou, tout du moins, à y prendre part. Un jour tu comprendras que ta plus grande trahison n'aura pas été de ne pas croire en moi ni d'écrire *La valise vide*, mais de ne pas penser que je me tuerais bel et bien. Vous autres, écrivains, vous complaisez à poser toujours plus de questions et qu'importe, dites-vous, si elles restent sans réponses. Moi, j'ai des réponses, et elles sont impitoyables.

Sois patient et tu verras : je serai un grand mort.

je ne fais que passer

— Mec, il est midi ! Faut se bouger, là !

Il a sauté du lit et ouvert les rideaux en grand. J'ai pris le temps de m'étirer en matant son joli cul blanc. Vincent est le seul garçon avec qui j'arrive à dormir. Aux autres, je dis toujours que je vis en colocation ; du coup ils sont obligés de me recevoir et, une fois l'affaire réglée, je me casse. Vincent, c'est différent : on baise régulièrement, c'est devenu un ami à force. On discute avant d'éteindre. J'aime bien lui demander son avis sur tout et n'importe quoi. Il est franc et me bouscule sans trop m'électrocuter. Je me cale contre son dos avant de m'endormir. La plante de ses pieds vient se poser sur mes chevilles et c'est chaud. Bon, la nuit finit quand même par faire son sale boulot et on se retrouve chacun à un bout du lit au matin ; mais c'est plus ou moins toujours comme ça que ça se termine dans la vie, non ?

Vincent est mon meilleur coup : il aura bientôt trente ans (je n'aime pas les mecs de mon âge), niveau cul il assure (un empressement vorace qui m'excite à mort), belle gueule, étudiant en médecine (il se destine à la neurochirurgie; douze ans d'études, ça en jette). Il ricanerait s'il m'entendait : Vincent a tendance à se la jouer cynique ; sa façon à lui de ne se laisser assiéger par rien. Refusant toute attache, il a pris le parti de consumer tout ce qui bouge jusqu'à nouvel ordre. Je profite donc de nos soirées en prenant soin de m'aligner sur son ironie détachée.

— Merci, au fait.

— Merci pour quoi ? a-t-il marmonné en enfilant un jean.

Vincent ne porte ni caleçon ni slip. Je trouve ça plus sexy que crade.

— Ben, de m'avoir écouté cette nuit. Y a tout qui me revient là. J'ai été relou.

— T'étais dark, je confirme.

Il a désigné mon tas de fringues au pied du lit et m'a fait signe de m'habiller. J'ai observé ses longs doigts. Des mains de pianiste, dirait ma mère qui a toujours désespéré de mon absence totale de talent pour la musique. Quant à ce grand corps glabre de roux… Qu'est-ce que j'aime lécher sa porcelaine, bordel… De son côté, Vincent prétend aimer en moi le physique « ordinaire ». La première fois qu'il m'a dit ça, je me suis vexé comme une merde. Il s'en est amusé, m'a délicatement bouffé l'oreille (il sait ce que j'aime depuis le temps) et tout est rentré dans l'ordre.

J'ai fini par me lever et mettre le turbo. Il m'observait du coin de l'œil.

— Chez moi, on dit : « Arrête de raguenasser. »

— Comprends pas.

— T'es en boucle. Je crois que tu te prends un coup de vieux dans les dents en ce moment.

— Vingt-trois ans, c'est pas un chiffre. C'est rien du tout. Je suis jeune.

— Y a pas d'âge, Victor. Tu vois arriver le CAPES, bientôt ton premier poste, la vraie vie… Fini les conneries.

— Pour ça, il faudrait que je me mette au boulot.

J'ai lacé mes Stan Smith.

— Elles puent, a-t-il fait remarquer. Ça ne te ressemble pas.

— C'est toi qui as raison : je dois commencer à pourrir.

Il s'est assis à côté de moi.

— Tu te sens purgé au moins ?

— Tu parles de quoi, ami poète ?

Il a grimacé.

— De cette humeur foireuse que tu m'as fait subir.

— T'as le temps pour un café ?

— Vraiment pas.

J'ai attrapé mon sac à dos et je me suis engouffré dans le couloir à sa suite. Il a déposé un baiser furtif sur mes lèvres avant d'appeler l'ascenseur. Je ne l'avais jamais vu faire ça.

*

Cinq ans que je n'avais pas foutu les pieds à Saint-Lazare. Cinq ans que je n'étais pas monté dans ce Transilien bleu et n'avais pas posé mon cul sur le velours élimé et dur de ses sièges aux couleurs sales. Je ne compte rien, jamais, je devrais : combien de fois ai-je fait ce trajet dans ma vie ?

J'ouvre la calculatrice de mon portable : à considérer que je suis rentré à Condorcet en début de seconde et qu'une année scolaire comporte trente-six semaines (auxquelles il faudrait ôter quelques jours fériés, mais desquelles je ne retranche aucun week-end, étant donné que j'étais perpétuellement fourré à la capitale à cette période, dimanche compris), j'ai dû faire – m'informe la calculette – quelque 750 allers-retours. 750 depuis mes quinze ans, purée. Durée du voyage : 18 minutes que je multiplie par 2, puis par 750 pour arriver à un total de 27 000 minutes, soit 450 heures, tout mis bout à bout : presque deux semaines dans ce train. Et puis, un beau jour, plus rien.

Le signal de la fermeture des portes retentit. En quittant Vincent au métro, j'ai décidé d'aller retrouver mon île que je n'ai pas vue depuis cinq ans. J'ai le cœur qui bat comme si je me pointais à un rendez-vous amoureux, ou plutôt comme si je m'apprêtais à retrouver un ancien amour. C'est grisant, on ignore dans quelle direction le cœur va s'affoler : d'incompréhension (*comment ai-je pu l'aimer ?*), de chagrin (*j'ai encore envie de l'embrasser*) ou de regret (*ce n'est pas la personne que j'ai connue*). Non : mon île n'a pas pu changer, pas en si peu de temps.

La fille à côté de moi lit un manuel dont je cherche à choper le titre. Elle entame le chapitre : « Le levier de la relation : comment l'utiliser ? » Je flaire une misérable histoire de management. Se concentre-t-elle par obligation ou croit-elle à ces conneries ? Dos à moi : un garçon d'une blondeur comme je n'en ai pas vu depuis longtemps. Je le géolocalise sur mon portable : il s'appelle Édouard. Vérification faite : il n'apparaît pas sur Grindr. Le duvet qui couvre ses avant-bras est incroyablement clair. J'imagine ses mollets et son pubis, ça m'excite alors que j'ai baisé toute la nuit. La peau rosée à la racine des cheveux laisse à désirer ; de même que l'arête du nez qui est un peu rouge et luisante (il a pris le soleil). Mais : nuque à tomber, deux petites oreilles légèrement décollées. Je rêverais de soulever son t-shirt et de poser mes lèvres sur son ventre. Juste ça. Laisser ses poils parcimonieux caresser mon profil. Bordel, je me fatigue. Je n'en peux plus de ce garçon obnubilé par la jouissance de l'instant, encombré à l'idée de construire quoi que ce soit avec quiconque, jonglant avec les mecs, m'en débarrassant sur des coups de tête que je ne cherche même plus à justifier, sans merci, pressé, trop pressé, à peine apparu déjà disparu, serial baiseur, n'attendant aucune énigme de ces corps que j'arrose avec indifférence.

Combien de fois ai-je baisé avec Vincent ?

Station Poissy. Exit.

À la sortie de la gare, un vaste chantier parade : « Devenez propriétaire en 2019. Avec le nouveau prêt à taux zéro, empruntez jusqu'à 130 000 euros sans intérêt. » Il faut croire que c'est la journée chiffre. La résidence s'appellera Victor Hugo. Bienvenue à Poissy, mon pote. Je cavale et rejoins l'avenue Émile-Zola. Je ne suis pas déjà arrivé sur l'île que ça sent le bourge. Ici la banlieue lambda recèle une petite forteresse et un périmètre friqué que rien ne semble menacer. À commencer par L'Esturgeon où nous venions déjeuner le dimanche avec mes parents. Je me rappelle l'ambiance feutrée et les silhouettes penchées de ces familles impeccablement sapées qui parlaient à mi-voix pour ne pas laisser filtrer leurs affaires privées. Je me rappelle aussi mon père et ma mère qui adoptaient le même ton alors qu'ils n'avaient qu'une envie : se cracher à la gueule ; mes parents contraints de se détester dans une discrétion ouatée et moi qui me vengeais en commandant les plats les plus chers, raquez, raquez, effeuillé de homard, ris de veau braisé (à l'âge de huit ans, j'ai fait remarquer à la patronne que ris ne s'écrivait pas avec un z comme indiqué sur le menu, tête à claques). Comment font mes parents pour vivre encore ensemble ? Je n'ai jamais rien compris à cette histoire.

J'avise le panneau « Île de Migneaux » et j'emprunte l'allée boisée qui surplombe la rivière. Je me sens comme un putain de touriste, absurde, personne n'est touriste à Migneaux. Deux types en canot à moteur ramassent à l'épuisette des bouteilles en plastique et des cannettes, ils louvoient entre les herbes et les mousses qui flottent en surface. Un peu plus loin, un trentenaire, torse nu, musculeux, se tient debout sur un minuscule zodiac vert, une canne à la main. Me revient l'odeur argentée et croupie des poissons d'eau douce que mon père s'entêtait à me faire pêcher en bas de la maison ; je revois les prises gluantes entre mes doigts quand il s'agissait de retirer l'hameçon en déchiquetant ces bouches implorantes. Qu'est-ce que j'ai pu m'emmerder… Et pourtant : ce fumet écœurant qu'exhale l'eau verte me fout le cafard. La nostalgie se pose partout, s'arroge tout, même les souvenirs d'ennui ; on ne pleure pas tant la nature des choses disparues que leur simple perte. Est-ce déjà à ça que je pensais hier soir chez Vincent ? Sinon comment expliquer que je me retrouve ici aujourd'hui ?

Bien sûr, j'ai peur, je fais le fier-à-bras, mais j'ai très peur. De ce qu'ils auront fait de la maison. Même imaginer une nouvelle teinte aux volets me crispe par avance. Par-dessus tout : quand j'aviserai la fenêtre de ma chambre au second étage ; c'est moi qui avais la plus belle vue, la lucarne de mon antre dépassait largement la cime des arbres. Ma chambre : transformée en quoi et pour qui ?

Il fait super chaud. Où que je pose le regard, les volets des grandes façades bourgeoises sont clos. Un train en partance pour la Normandie passe à toute blinde. Les trains ont rythmé mes nuits d'enfance et d'adolescence, on les entendait bien de la maison, le fracas des roues sur les rails me rassurait.

Je bifurque et m'engage sur l'unique pont qui mène à l'île. Les deux péniches que j'ai toujours connues sont amarrées, fidèles au poste. Je distingue le sempiternel saule pleureur, tout au bout de notre ancien jardin. C'est très exactement là que je pêchais avec papa.

Les trottoirs de terre sont toujours investis par les mauvaises herbes, laisser-aller qui contraste curieusement avec la luxuriance cossue des baraques. Je m'arrête devant celle des parents de Vianney: villa Séraphine, au crépi rose et couvert de vigne vierge. Vianney était mon grand ami de collège. Je ne l'ai plus beaucoup vu après mon entrée à Condorcet, snobisme typique de qui a gagné Paris et se repaît de ses nouveaux amis forcément mieux. Il n'empêche: j'ai passé un paquet d'après-midi à la Séraphine. Je me souviens de l'odeur d'encaustique au rez-de-chaussée, les chaussures que nous devions laisser à l'entrée, la rareté des objets et leur place immuable, l'antique carte de France aux couleurs passées affichée au mur de la chambre de Vianney, son lit à une place, sa mère d'une amabilité crispée et mécanique. Je me sentais des humeurs d'ethnologue dans cette famille: Vianney était capable de sortir autant de conneries que moi à l'ordinaire mais, une fois chez lui, il avait une façon concentrée et inquiète de se conformer aux règles strictes de la maison. C'est son père qui distribuait la parole à table (j'y avais mon rond de serviette, avec mon prénom); nous répondions à ses questions avec la prudence d'élèves désignés pour réciter en classe. Il y avait de longs silences dans la conversation. Je trouvais tout cela très curieux et dépaysant, moi élevé par une paire de sanguins. Et puis Paris, Condorcet, on se perd de vue lentement mais sûrement. C'est ma mère qui m'a appris la nouvelle un week-end: Vianney était parti de chez lui depuis plus d'un mois, ne laissant qu'un mot lapidaire en forme d'adieu. Devant mon regard ahuri, maman avait ajouté: « Vianney a été un fils parfait, mais la fin était écrite, non? » Je me demande souvent où il est désormais, je lui invente des destinations (plutôt à l'étranger), des occupations (pourquoi pas la Légion).

Je ne crois pas l'avoir entendu une seule fois dire du mal de ses parents.

Je me remets en route, mais m'immobilise au bout de quelques pas ; à cloche-pied, je retire ma basket gauche qui me fait mal : je viens de me faire une ampoule. J'ôte la droite et avance à même le bitume, mes groles à la main. Vincent a raison : elles puent.

J'approche du porche et j'ai tout le temps de découvrir, mètre par mètre, ce qui m'attend au numéro 11 : ma maison n'est plus là.

Blanc.

Devant moi : une construction moderne de plain-pied, porte d'entrée marronnasse cerclée de briques, j'ai chaud, j'ai très chaud, je suis au bon numéro, mais la maison a disparu.

La Tulipe, L'Évasion, La Séraphine, Les Lierres, Le Clos Marjeando, Le Coup de vent, je fais toute la rue en sens inverse, comme si j'étais victime d'un bug inexplicable, je m'éloigne de ma maison qui n'est plus là, je les retrouve toutes, que je connais si bien, mais il en manque une, je vais me réveiller, je fais machine arrière, je cours presque, me défonçant les pieds, et je me retrouve de nouveau planté devant cette image invraisemblable : une maison à la place de ma maison.

J'appelle mes parents. Une sonnerie, décrochez, deuxième sonnerie, décrochez putain, et la voix haut perchée de ma mère :

— Ça va, mon chéri ?

— Il n'y a plus la maison !

— Parle plus fort : je suis à la plage, on a un vent pas possible !

— Je dis qu'il n'y a plus la maison !

— Mais tu es où ?

— Sur l'île !

— Qu'est-ce que tu fais à Migneaux ?

— Ils ont détruit la maison !

— Tu ne veux pas plutôt qu'on se parle ce soir ?

— Pourquoi vous ne m'avez rien dit ?

Silence au bout du fil. Juste le vent marin qui s'engouffre et se froisse dans le micro du portable pour venir me déchirer le tympan.

— Victor, on te rappelle ce soir de l'appartement !

C'est ça, concertez-vous, bande de chiens. Je raccroche. Je fixe la construction bas de gamme, mes yeux traversent les murs, lesquels ne volent pas en éclats, à mon grand étonnement, non, tout reste sur pied, ce n'est pas un mirage.

— Victor ?

Je reconnais le visage de Betty derrière la grille d'en face. Je m'arrache à la vision impossible qui me cloue depuis plusieurs minutes et je fais quelques pas incertains vers elle.

— Ça fait un bail ! Qu'est-ce qui t'amène ?

Je dois être livide. Betty ne dit rien, elle voit.

— Je ne fais que passer.

Elle reste à m'observer derrière les barreaux de la grille. Enfin, elle se décide à ouvrir et m'invite à entrer. Je n'en ai pas du tout envie, mais je la suis. Je redécouvre la haute bâtisse néo-basque aux colombages fraîchement repeints. Mes parents me confiaient souvent aux Benichou à la sortie de l'école primaire. Je me retrouvais avec Betty, leur fille de cinq ans mon aînée. Elle m'emmenait systématiquement dans sa chambre et, après quelques bribes d'une fausse conversation, elle me forçait à l'embrasser. Laissant ses lèvres sur les miennes (je devais avoir huit ou neuf ans), je dodelinais de la tête, prêtant ma langue à des rondes indifférentes, puis sa main guidait mes doigts dans sa culotte, ensuite elle me laissait faire, je savais m'y prendre à force. Parfois je poussais la bonne volonté jusqu'à lui bouffer la chatte, le goût aigre de son sexe ne me déplaisait pas. Elle étouffait des petits cris dans son avant-bras. Et parfois aussi ma langue ne lui faisait aucun effet alors nous redescendions. Je lorgnais vers notre portail, dans l'attente qu'on vienne enfin me chercher.

— Tu voulais revoir…

Elle cherche le mot adéquat.

— … le terrain ? choisit-elle, et elle s'aperçoit aussitôt que sa phrase est absurde, voire violente.

Elle pense peut-être que j'étais au courant. Je lui dis que je ne l'étais pas.

— Qu'ils allaient abattre et reconstruire ?

Elle me conduit dans la cuisine.

— Tu veux boire quelque chose ?

— De l'eau, je veux bien.

— Tu t'es blessé au pied ?

— Juste une ampoule.

— Je vais te trouver un pansement.

Et elle reste immobile, appuyée contre l'évier.

Il y a toujours, au-dessus du buffet, cette reproduction d'une vue de l'île par je ne sais quel impressionniste. La marquise gondole et les couleurs se sont affadies : on y voit des arbres touffus émaillés de toitures, les pelouses pentues et, au premier plan, l'eau dans laquelle se reflètent quelques barques. Combien de fois mon regard s'est-il perdu dans cette image lorsque j'étais prisonnier ici ?

— Tu les connais ?

— Les nouveaux propriétaires ? Tout le monde se connaît à Migneaux, tu sais bien.

— Pourquoi ils ont fait ça ?

— Il y avait trop de travaux. Le toit, l'électricité, les fenêtres : plus rien n'était aux normes.

Ça m'agresse au plus haut point ce jugement de valeur à l'emporte-pièce. Est-ce ainsi que nos anciens voisins parlent de nous désormais : *nous laissions la maison tomber en ruine* ?

Le masque brun qui couvre son visage guide mes yeux vers ce ventre bombé sur lequel elle passe régulièrement la main.

— Il bouge, sourit-elle.

— Un garçon ? Ou tu parles du « bébé » ?

— Oui, le bébé. Nous ne voulons pas connaître le sexe.

— C'est pour quand ?

— Octobre.

Je m'en contrefous. Je devrais boire mon verre d'une traite et décamper. Je ne sais pas pourquoi je m'inflige cet échange poli et vide.

Je relève les yeux vers ses traits épaissis. Elle a coupé ses cheveux qu'elle portait longs et fiers. Ça lui fait un bol qu'elle doit penser à la mode.

— T'es toujours en Bretagne ?

— C'est le pays de Maël.

— Il fait quoi ?

— Toujours chez Axa.

— Et toi ?

Elle désigne son ventre.

— Je vais m'occuper de lui.

J'acquiesce machinalement.

— J'ai commencé à avoir des contractions dès le quatrième mois, alors je me suis réfugiée ici. Je dois rester allongée un maximum. Ma mère est aux petits soins, tu la connais. Et tes parents alors ?

— Ben, ils sont partis à Nice, comme tu dois le savoir. Mon père a remonté une agence là-bas avec deux associés. Ils se la coulent douce.

— Et tes amours ?

— Tranquille. Je vis avec mon mec du côté des Buttes-Chaumont.

Stupeur sur son visage.

— Ah, parce que…

Je l'interroge du regard le plus naturellement du monde. Elle lâche un petit rire de contenance.

— D'accord, d'accord. Et vous êtes heureux ?

— Ben, oui.

— C'est chouette, se force-t-elle. Très chouette.

Quand je pense que je lui ai léché la chatte… Envie soudaine de lui dire que je ne suis plus si sûr que cela me plaisait. Mais ce n'est pas pour ça que je suis à Migneaux, putain ! Je me mets à lui en vouloir, alors qu'il y a très certainement prescription et que je ferais mieux d'aller sonner chez ces connards qui ont réussi la performance de foutre en l'air une maison début de siècle pour lui substituer cette horreur.

— C'était un pote à toi, Vianney ? demande Betty.

Qu'est-ce qu'elle veut savoir ? Si je lui suçais la bite ?

— Pourquoi tu penses à Vianney ?

— Je t'ai vu t'arrêter devant la maison. Tu sais ce qui s'est passé en vrai ?

En vrai ? Je fais signe que non. Enfin si : il s'est barré, voilà. Il n'est ni le premier ni le dernier à décider de couper les ponts avec sa famille.

— C'est bizarre quand même de faire ça à ses parents…

— Ils étaient super relou.

— Comme beaucoup d'autres. Ma sœur l'a croisé deux fois boulevard Montparnasse.

— Ah bon ?

— Apparemment, il errait, hagard…

Ça me serre la gorge brusquement.

— Je l'ai toujours trouvé bizarre, conclut-elle.

— Et ce n'est pas bizarre peut-être ce que tu me faisais faire quand je venais ici ?

— De quoi tu parles ? rétorque-t-elle du tac au tac.

Sur son visage : l'incompréhension feinte. Elle joue super bien.

— Ce que je te *faisais faire* ? On s'amusait, Victor !

— Je ne crois pas, non.

— Tu revisites les choses curieusement…

— Oui, je les revisite, justement. Et je te dis que ce n'est pas bien ce que tu me faisais faire dans ta chambre.

Elle tient son ventre à deux mains et fait une petite moue supposée minimiser.

— Ouais, tu verras quand ça arrivera à ton môme !

— Tu reveux de l'eau ?

— Non.

— Pourquoi tu me dis ça maintenant ?

— Parce que je suis là.

— Tu ne donnes pas l'impression d'y avoir repensé plus que ça.

— Il y a des choses dont on se défend.

— Bien, soupire-t-elle comme l'on déplorerait quelque mauvaise volonté en face de soi. Si on m'avait dit…

— Qu'un enfant de cinq ans de moins que toi te labourerait le vagin à trois doigts, oui, il y a de quoi être surprise, en effet.

Elle me décoche un regard offusqué.

— À l'époque, je ne pouvais pas deviner que tu étais… Enfin, que tu n'aimais pas les filles.

— Mais ça n'a rien à voir !

Elle se lève. Moi aussi.

— Tu es sans doute d'une humeur un peu particulière, suggère-t-elle. C'est normal : revenir ici et ne rien retrouver…

Elle me raccompagne en silence sur le pas de la porte. Je sais qu'elle ne viendra pas jusqu'à la grille avec moi, et c'est tant mieux.

— Attends, je vais chercher un pansement pour ton pied.

*

Sans un regard pour ma maison qui n'est plus là, je prends la direction du pont, tête basse, m'essayant à faire abstraction de ce décor qui me chasse, qui m'a déjà chassé : je n'étais même pas encore revenu que l'île ne voulait plus de moi. Je retraverse la rivière et, arpentant à grands pas le quai, je me mets à chialer, le menton enfoui dans mon cou. Je sens la coque épaisse de mon portable dans ma poche, je n'ai pas la moindre envie de rappeler mes parents, ces chiens qui savaient et ne m'ont rien dit, je décide alors de joindre Vincent. Quand il décroche, je reste mâchoires serrées, les sanglots cognent contre mon palais.

— Victor ? Tu m'entends ?

Je mugis faiblement.

— Qu'est-ce qui se passe ? Dis quelque chose !

J'essaie encore de parler puis, de guerre lasse, je raccroche. Je m'essuie le nez sur mon avant-bras. Je croise un mec en short et au teint rougeaud qui me dévisage longuement comme l'on ralentit sur l'autoroute pour voir l'accident.

Je fonce dans l'avenue Émile-Zola. Vite le Transilien. Je revisite les pièces de ma maison une par une, c'est plus fort que moi, je tente de repousser les images mais elles me mordent, le damier rose et noir de l'entrée foulé combien de fois, la table en formica jaune de la cuisine sur laquelle je faisais mes devoirs pendant que ma mère, cigarette au coin des lèvres, faisait les comptes, combien de fois, le bidet de la salle de bains sur lequel je m'appuyais quand mon père m'injectait ces satanées doses de gammaglobulines en raison de je ne sais plus trop quelle carence d'enfant, combien de fois, la grande bibliothèque en bois verni du salon et sa collection de livres sur l'art antique où j'allais reluquer les statues dénudées (l'amour que je portais à cet *Abel mort* en marbre immaculé ; Vincent Feugère des Forts, je n'oublierai jamais ce nom, je suis retourné plein de fois voir le gisant alangui au musée d'Orsay), ma sacro-sainte chambre où j'ai découvert la lecture, où j'ai joui la première fois, ma chambre d'où j'ai respiré l'air croupi de la Seine, stop, stop, stop !

Vincent rappelle. Je m'immobilise en pleine rue et je laisse la messagerie l'éconduire.

Quelques minutes plus tard, je finis par lui envoyer un texto :

On peut se voir ce soir, STP ?
T'inquiète, rien de grave.
Enfin : juste la fin du monde.
Je veux dire : juste la fin d'un monde.

Et je continue à chialer comme un gosse tout en marchant, ce gosse que j'ai retrouvé aujourd'hui, et l'adolescent avec lui.

OK. Viens à 20h.

Alors, les yeux pleins de larmes, je me demande comment je vais réussir à avouer ce soir à Vincent que je suis amoureux de lui.

je ne suis pas l'europe

Vendredi 27 mai 1932

C'est Klaus qui a lancé l'idée du séjour à Venise et, comme d'habitude avec les enfants Mann, tout s'est fait très vite.

— Si nous ne tardons pas trop, disons fin mai, l'Hôtel des Bains et la plage du Lido seront encore à nous.

Fuir l'air putride de Berlin, flâner et lézarder tout en réfléchissant à ce cabaret antifasciste qu'Erika a la ferme intention de monter : je ne pouvais qu'approuver et suivre le frère et la sœur.

Et nous voilà partis.

Selon leurs dires, le Grand Hôtel des Bains n'a pas changé depuis que leur père y a écrit *Mort à Venise*, il y a vingt ans : grande façade Art nouveau en surplomb de la plage qui rappelle quelque palace parisien ou cannois, vaste hall aux immenses colonnes, salons cerclés de boiseries et coiffés de lustres extravagants. Nous pourrions vivre à trois dans une même chambre.

Klaus nous mène à la baguette, il est épuisant (d'ordinaire, c'est sa sœur qui tient les rênes), nous conduisant de gondole en ruelle. Il a une obsession pour les toiles du Tintoret et le palais des Doges où il nous a déjà traînées deux fois.

Lundi soir, nous avons fêté mes vingt-quatre ans dans un petit restaurant charmant, derrière le Danieli. Je n'ai jamais pris plaisir aux soirées d'anniversaire. Je me sens toujours partagée entre l'envie de rester seule (et de m'en trouver idiotement punie) et celle d'y consentir (et de n'y trouver que cafard). Enfin, c'est passé.

Depuis notre arrivée, je tombe du lit à sept heures. Je prends mon petit-déjeuner, puis je me précipite sur la plage et je contemple sans lassitude ce havre suranné. Un alignement de cabines aux stores rayés s'étend perpendiculairement à la mer. Quelques vieilles rombières, voilette sur le nez, adressent des sourires crispés à leurs petits-enfants qui se promènent main dans la main. Il ne manque que Tadzio.

Généralement, les Mann débarquent vers onze heures. Aujourd'hui, le frère arrive seul, cigarette au bec.

— Où est Erika ?

— Migraine, dit-il. Nous avons picolé jusqu'à tard.

Je suis assise à même le sable. Klaus, lui, prend place sur une chaise longue. Je contemple son profil fatigué. Je ne saurais dire s'il est beau. Une chose est sûre : il plaît. Cette indolence (qui n'est pas mollesse) quand il penche la tête légèrement de côté. Et ses yeux si clairs qui vous devinent en un quart de seconde.

— Notre petite Suissesse s'est-elle baignée ?

— Elle est gelée aujourd'hui.

Je n'aime pas quand Klaus me surnomme ainsi, me renvoyant à ce pays que j'ai pris en grippe, tout comme j'ai fini par abhorrer la maison familiale de Bocken, la vue sur le lac et les sommets, les hêtres inflexibles, Zurich qui croupit dans son bien-être et sa futilité, mon milieu, l'empire de mon père et, par-dessus tout, ma mère qui m'a irréparablement empoisonnée. Pour mon malheur, cette walkyrie despotique a vu en moi un double parfait d'elle-même. Je suis devenue son fétiche à disposition. Quelle plaie d'avoir été sa préférée. Comment ne l'aurais-je pas déçue ? Aujourd'hui encore, alors que j'ai mis toutes mes forces à m'émanciper, je suis inféodée. Chaque cellule de mon corps gémit entre ses serres et, sitôt que je désigne ses griffes et tente de m'en défaire, elle me traite de *fêlée*, c'est son grand mot. Évidemment, elle récuse ma vocation d'écrivain, elle a trouvé mes premiers livres « pervers et décadents » et a déjà fait disparaître plusieurs cahiers de mon journal. Mon père jette sur notre tandem un regard peu concerné. Il a toujours laissé sa femme régner sur son petit monde, trouvant refuge à l'usine, son œillère chérie.

C'est Erika qui m'a ouvert les yeux sur ma prison, ma geôlière et cette aberration dans laquelle j'ai grandi. Elle est la rencontre la plus décisive de ma vie (évidemment, maman la déteste). Eri est une formidable comédienne, doublée d'une championne de rallye. J'adule son intelligence intraitable, sa repartie impitoyable. Nous nous sommes connues il y a deux ans, elle est mon aînée de peu, je l'appelle « grand frère » et nous sommes devenues inséparables. Elle a mis un point d'honneur à m'apprendre la liberté: « Cesse de baiser la main qui t'a fait mal. Il ne faut plus que tu voies ta mère tant que tu ne seras pas capable de rire d'elle. » Au fond de moi, je sais que je ne serai jamais la digne héritière de Renée Schwarzenbach. Je refuse de vivre comme toutes ces bagnardes résignées qui se gargarisent de leur maison et de leur personnel pour mieux oublier qu'elles n'ont qu'une demi-vie. Je ne veux pas être partiellement libre grâce à un homme, je veux être totalement libre grâce à moi-même. Tant que les femmes se contenteront d'être superficielles et paresseuses, elles seront inférieures. Et j'affirme que moi, Annemarie Schwarzenbach, je serai un homme libre!

Klaus lève le nez de son journal en fulminant:

— À quoi sert d'avoir voté Hindenburg, bon Dieu: ils virent tous à l'hitlérisme! Il suffirait que les nazis l'emportent au Reichstag et le vieux ne pourra bientôt plus faire sans l'autre nabot!

— Qu'en pense ton père?

— Le Magicien est oppressé. Et oppressant, si tu veux tout savoir.

J'ai toujours entendu Klaus et Erika appeler leur père « le Magicien ». C'est dire l'admiration qu'ils lui portent. Pour autant, je ne sais pas si je le leur envie. Aimerais-je être la fille du grand Thomas Mann? C'est déjà si compliqué de faire quelque chose de soi. Alors si, en plus, il faut souffrir la comparaison… Je me rappelle la première fois que j'ai été conviée chez les Mann à Munich: le Magicien m'a longuement regardée. J'étais terriblement mal à l'aise, en plus d'être impressionnée. Il a fini par déclarer: « C'est curieux, si vous étiez un garçon, on dirait certainement que vous êtes d'une beauté extraordinaire. »

— Hier, j'ai rêvé que les nazis le contraignaient au suicide, soupire Klaus.

— J'ai confiance en Hindenburg. Il ne pactisera jamais avec Hitler.

Klaus balaie ma remarque d'un geste définitif.

— Hindenburg a quatre-vingt-cinq ans, d'accord ? Hitler finira par être nommé chancelier, puis il demandera les pleins pouvoirs. Jusque-là, j'ai été d'un optimisme toujours déçu ; il est temps d'être lucide. On tient ces choses pour impossibles jusqu'à ce qu'elles se révèlent possibles.

Klaus a certainement raison. Il a si souvent raison en avance.

Dans sa dernière lettre en date, mon père affirme que la cause hitlérienne est « grande, purifiante et nécessaire ». Il m'exhorte à participer à « l'édification de la nouvelle Allemagne ». Enfin, il m'ordonne de cesser de fréquenter les enfants Mann et de me marier avec le marquis de Marignano. Vaste programme qui concentre à peu près tout ce qui me révulse. Je n'ose plus faire état de tout cela devant mes amis qui ne sont pourtant pas sans savoir que mes parents ont versé une obole substantielle au parti nazi…

— Il faut fuir, dis-je.

— Et pour aller où, je te prie ?

— L'Orient bien sûr.

Mon vieux rêve d'Orient. Un fantasme absolu datant de mes études d'histoire.

Klaus ne prend même pas la peine de commenter.

— Pourquoi tu ne retournerais pas à Paris, Annemarie? De toute façon, il n'y a que Berlin et Paris. Et Berlin ne sera bientôt plus fréquentable.

— C'est sale, Paris. C'est humide, ça sent la boucherie, la poussière et les ordures. Il faut avoir des désirs de cercueil pour rester là-bas. Moi, je veux l'Orient.

— Voilà exactement l'humeur que j'aurais aimé trouver dans ton roman, dit-il abruptement.

Je reste en arrêt.

— Tu as lu mon manuscrit?

J'attends fébrilement l'avis de Klaus et Erika depuis plusieurs semaines, mais ils ont toujours plus important à faire. Dans ce récit, je mets en scène un fils de bourgeois qui tente de rompre avec son milieu en fréquentant la bohème berlinoise. Klaus est forcément conscient que j'y ai mis beaucoup de mon histoire.

— En d'autres temps, Annemarie, c'eût été un bon petit livre. En ce moment, c'est indécent.

Je sens mon visage s'échauffer.

— Indécent?

— Cette atmosphère d'entre-soi privilégié… D'amours vaines…

— Parce qu'on ne devrait écrire que des livres sur ce qui déchire l'Europe? Moi, je pense qu'il y aura toujours des lecteurs pour lire ce qui déchire le cœur!

— Tu écris trop et trop vite, Annemarie: trois romans, une pièce et tous ces articles en si peu de temps…

— Mais je ne fais que ça depuis des mois!

— Tu ne laisses rien mûrir. Tu es pressée.

(Et abattue.)

— Je crois que je vais aller chez le coiffeur, bifurque-t-il avec son air de coquette.

Erika, arrive et sauve-moi !

— Et dégoter une cravate en angora, poursuit-il. J'ai envie.

Il lâche le journal au pied de sa chaise longue, saisit son *Anna Karénine* et l'observe avec circonspection.

— Si on m'avait dit que Tolstoï avait une morale aussi primitive…

— Rien ne trouve grâce à tes yeux, autrement dit.

Je me lève et saisis ma serviette.

— Réfléchis à ce que je viens de dire plutôt que de te draper.

— Tu es trop brutal, Klaus !

Je m'éloigne.

— C'est l'Histoire qui est brutale, pas moi ! Et puisque tu vas te réfugier dans la chambre de ma sœur, dis-lui que j'ai repéré un restaurant qui m'a l'air très bien pour ce midi. Puis je retournerais volontiers au palais des Doges.

— Je n'ai pas envie de déjeuner ! Je n'ai pas envie de visiter !

J'ai crié et on nous regarde.

Je disparais.

*

Même endormie, on devine son rictus éclatant. Une mèche brune masque ses yeux en amande. Quelle paix. J'en oublierais presque la sanction expéditive et sans appel que vient de m'assener son frère.

— Annemarie, c'est toi…

Elle ouvre les yeux et s'étire.

— Alors cette migraine, grand frère ?

— Ça passe…

— Vous avez parlé du cabaret jusqu'à pas d'heure, c'est ça ? Vous vous fichez bien de ce que je pense.

C'est dit. Et ça devrait aller mieux ainsi.

Je saute du lit et ouvre les rideaux en grand.

— Regarde, m'écrié-je d'une voix de clown, il fait très moche aujourd'hui !

Erika rit.

— J'ai posé sur le secrétaire une lettre de Therese qui t'attendait à la réception.

— Je crois que cette semaine loin l'une de l'autre va nous faire le plus grand bien, se félicite Erika.

— Pourquoi ça ?

— Nous n'arrêtons pas de nous chamailler. Therese tient absolument à ce que nous habitions ensemble. Moi, je ne crois pas du tout qu'un couple puisse durer dans ces conditions. La domesticité défigure tout.

— Et tu crois peut-être que ça va lui passer comme ça ?

— Elle aura au moins eu le temps de réfléchir à tout ce que je lui ai dit avant de partir.

Je bascule en arrière et fais le pont. Erika se redresse, mes acrobaties lui font toujours un peu peur.

— Annemarie, tu vas finir par te casser le dos !

— Mais non, je fais ça depuis que je suis toute petite. Viens, je nous ai fait couler un bain bien chaud.

Je me débarrasse de mon maillot, Erika de sa chemise de nuit, et nous nous plongeons dans la baignoire, genoux contre genoux.

— Je voudrais aller à l'Académie cet après-midi, imploré-je. Juste toi et moi. Il paraît que les madones de Bellini sont sublimes.

— Pourquoi : juste toi et moi ?

— Parce que Klaus prend trop de place ! J'ai l'impression de ne pas te voir depuis que nous sommes arrivés. Et puis, j'en ai plus qu'assez du palais des Doges. Crois-tu qu'il nous demanderait ce qu'on a envie de faire, nous ?

— Klaus est un gamin, tu sais bien.

— Mais tu lui passes tout !

Erika m'observe avec tendresse.

— En fait, je crois que ce sont tes paupières qui te font ce regard si... spécial, murmure-t-elle.

Je commence à savonner doucement ses épaules.

— Tu as des doigts de pianiste, Annemarie...

— J'étais très douée avant. J'ai même envisagé une carrière.

— Pourquoi avoir abandonné ?

— Une crampe qui ne me lâchait pas.

Elle fronce les sourcils, voyant très bien que je fais mine d'être de bonne humeur alors que je le suis si peu.

— Qu'est-ce qui se passe avec toi en ce moment ? Tu es sans arrêt morose.

— Tourne-toi.

Erika pivote dans la baignoire et me présente son dos que je savonne.

— Klaus prétend que mon nouveau roman est raté.

— Ce n'est que son avis.

— Oui mais je tenais avant tout à ce qu'il vous plaise à vous.

— Eh bien, il se peut encore qu'il me plaise.

— Pourquoi tu ne le lis pas ?

— Tu es trop impatiente, ma chérie.

— Eri…

— Oui ?

— Partons en Orient.

Elle soupire comme devant le caprice d'une enfant.

— Ça te reprend ?

— Pars avec moi ! Hitler est aux portes du pouvoir, vous êtes sur la liste noire, il est encore temps de prendre le large !

— Veux-tu me dire ce que deux femmes comme nous iraient faire à l'autre bout du monde ?

— Il faut vivre dangereusement !

— L'avenir de l'Europe aura d'ici peu de quoi te satisfaire, il me semble !

— Je ne suis pas l'Europe !

Erika se raidit.

— Et mon cabaret ? Et Therese ?

— Que feras-tu quand on vous aura tout confisqué ? Quand tu n'auras plus d'endroit où aller, où revenir ?

— Annemarie, parlons d'autre chose.

— Tu avais dit oui !

— Mais tout a changé ! me sermonne-t-elle en haussant le ton. Nous avons une responsabilité ici !

— Vous aurez beau écrire tout ce qui vous chante, vous serez tôt ou tard contraints à la prudence, à savoir l'exil. Moi, je ne veux pas être esclave de la prudence, sinon je serais retée vivre à Bocken, je serais devenue l'œuvre glorieuse de ma mère, mariée avec marmaille. Imagine les pointes des minarets, les coupoles des mosquées, les steppes pelées ! Ankara, Beyrouth, Téhéran ! Loin, nous serons libres !

— Ce ne sont que des mots.

— Des mots inconnus de toi qui deviendront réalité !

— J'entends une adolescente qui rêve dans le vague.

— Tu me connais si mal ! J'ai obtenu l'accord du *Zürcher Illustrierte* qui attend mes reportages. Viens avec moi !

Eri ne réagit pas. Ou plutôt : elle se contient.

— Quand je pense à l'Europe, je ne trouve rien qui puisse m'y retenir ou qui m'y paraisse supportable.

— Tu abandonnes la lutte ! m'accuse-t-elle.

— Le rôle que j'aurais ici serait faux, je ne suis pas faite pour la politique. Je suis écrivain.

— Et qu'écriras-tu là-bas ? Des élégies sur les troupeaux de chameaux ?

— Il est convenu que je rejoigne à Rhagès un groupe d'archéologues qui ont pour projet de mesurer des crânes. Ces relevés seront la meilleure preuve des origines communes des peuples européens et de l'absurdité des théories raciales. Voilà ce que je vais écrire. Si ce n'est pas lutter !

— C'est juste se donner bonne conscience en passant ! C'est dégoûtant !

Je me rencogne au fond de la baignoire.

— Tu ne peux donc entendre que *ta* vérité…

— Pars ! s'écrie-t-elle. Pars ! Mais ce sera sans moi ! Fuir, tu n'auras fait que fuir : c'est peut-être ton destin, pas le nôtre ! Nous, nous continuerons à lutter, d'où que nous soyons !

Le savon me glisse des mains et coule.

L'éclat de sa voix résonne contre les carreaux de la salle de bains.

Le robinet qui goutte.

Et la muraille de son dos.

Elle finit par s'extraire de la baignoire, furieuse, enfile un peignoir et disparaît dans la chambre.

Je reste hagarde dans l'eau qui est à présent d'une tiédeur repoussante.

*

— Sembri così triste…

Je lève les yeux vers l'homme qui s'est arrêté à ma hauteur. L'homme qui est une femme, en réalité. Je lui signifie en anglais que je ne parle pas italien. Elle traduit en anglais : *You look so sad*. Elle voudrait m'offrir un verre. Je viens d'arriver au Café Florian, je n'ai encore rien commandé, comment refuser ? Ai-je d'ailleurs envie d'éconduire la sollicitude d'une garçonne alors que je suis dévastée ?

Elle s'installe à côté de moi et manque de renverser la table ronde avec ses jambes interminables.

— Je suis tellement maladroite, dit-elle, toujours en anglais.

Elle me tend la main. Je la lui serre.

— Giulia.

— Annemarie.

Extrêmement mince, pour ne pas dire émaciée, elle porte une veste d'homme et une chemise blanche. Son regard est franc, il vous tient.

— Vous écrivez votre journal? demande-t-elle sans pudeur en désignant le carnet devant moi.

J'acquiesce.

Un serveur se présente à nous.

— Que désirez-vous boire, Annemarie?

Son accent anglais est parfait.

— Connaissez-vous le spritz?

Je fais non de la tête.

— C'est la spécialité ici. Due spritz, per favore.

— Subito, signorina!

Le serveur s'incline et s'éloigne.

Giulia s'accoude à la table. Elle examine mon écriture heurtée et déchiffre quelques lignes à voix haute. Son allemand est étonnamment fluide:

— *Fuir, tu n'auras fait que fuir: c'est peut-être ton destin, pas le nôtre. Nous, nous continuerons à lutter, d'où que nous soyons…*

— Mais vous parlez combien de langues? demandé-je.

— Nous avons fait le tour, sourit-elle.

Elle laisse passer quelques secondes.

— Vous êtes en fuite?

Je hausse les épaules.

— Je suis une fuyarde toujours écartelée.

— C'est-à-dire ?

— J'ai le projet de partir en Orient.

Son regard s'éclaire.

— Mais je me suis engagée à aider une amie à monter un cabaret antifasciste à Munich…

— Créez-le en rentrant d'Orient.

— Lorsqu'il sera trop tard ?

— Dans ce cas, partez une fois que vous aurez sauvé l'Europe !

Il n'y a pas de méchanceté dans sa moquerie.

On pose devant nous deux larges verres remplis d'un cocktail orange qui pétille légèrement. Nous trinquons.

— Vous aimez ?

— C'est amer. J'aime.

Je dois prendre sur moi pour me fondre dans le ton aimable de la conversation. Cette femme ne peut pas imaginer dans quel bain je viens de me noyer.

— Et vous, que faites-vous dans la vie, Giulia ?

— Moi ? J'épuise mon héritage. Je suis une orpheline esseulée dans son palais. Ça prend tout mon temps.

Son regard plonge en moi.

— Partons, dit-elle.

— Maintenant ? Pour aller où ?

— Je vais vous faire visiter mon antre, voulez-vous ? Je ne vous lâcherai pas tant que vous serez aussi triste.

*

Giulia a un gondolier personnel. De San Marco, nous gagnons la rive d'en face.

— C'est là, dit-elle en désignant une place où s'ennuie une fontaine asséchée.

— Grazie, Ennio.

Elle saute sur le quai et me tend la main.

— Questa è la mia casetta !

Si je pouvais m'attendre à cela : c'est une chapelle en briques roses calée entre deux façades devant le Grand Canal.

Je la suis.

— Mon père était architecte. Il a transformé cet oratorio.

La porte d'entrée est située à l'arrière. Dans le vaste et haut salon : de somptueux fauteuils en velours sur un marbre semé de tapis orientaux. Les murs arborent des tableaux dont j'ignore s'ils représentent les aïeux de Giulia.

— C'est extraordinaire, murmuré-je.

— Mais peuplé de fantômes, vous pouvez me croire.

Je n'ose pas lui demander comment elle est devenue orpheline. Quel âge a-t-elle ? Trente ans ?

— Buvons encore, Annemarie.

Je me laisse tomber dans un immense canapé.

— Je déteste ce moment de la journée, se justifie-t-elle. Arrachée à l'engourdissement du sommeil et si loin de la délivrance du soir…

Elle ouvre une bouteille.

— C'est un vin d'ici. Fait au couvent San Michele.

Elle nous sert deux verres et vient s'asseoir près de moi.

— Vous êtes un cadeau, Annemarie.

Elle contemple mon visage et je ne refuse pas ce regard. Que les choses peuvent être simples parfois…

— C'est quoi votre vie ici, Giulia ?

Elle cale son profil contre le coussin.

— Je me lève tard. Je déjeune avec des gens que je ne connais que trop. J'angoisse tout l'après-midi. Puis, au soir, je cours Venise avec soulagement, sur la trace d'autres familiers qui m'ennuient et que j'adore…

Elle passe une main sur ma joue.

— Vous ne goûtez pas mon vin ?

Je me penche vers la table basse et trempe mes lèvres. Elle fait de même. Puis, revenue au fond du canapé, elle approche son visage du mien et baise mon front, la pointe de mon nez, mes lèvres, mon menton. Je ferme les yeux. J'imagine Erika. Elle aurait un autre parfum que celui que je lui connais. Je frissonne. Le geste tranquille et sûr, Giulia me déshabille. Et elle plonge entre mes jambes.

— Je voudrais que vous soyez nue aussi, dis-je.

Elle se lève et retire ses vêtements un à un. Elle est plus musclée que ce à quoi je m'attendais. Elle est une sculpture, la pupille arrogante et irrésistible. Je m'enfonce dans le canapé, j'ouvre mes cuisses et, les yeux bien clos, je presse le crâne d'Erika contre mon ventre.

*

— Il y a encore une minute, vous ne paraissiez plus du tout triste…

Elle détache son corps du mien. Je sens encore nos haleines disséminées, nos corps humides.

— Un cadeau, répète-t-elle.

— Vous vous ennuyez à ce point ?

— Vous n'imaginez pas. Je suis impardonnable.

Giulia est de celles que je mépriserais ailleurs qu'à Venise. Une nantie cynique qu'il me révulserait de devenir. Et pourtant, je la *reconnais*. Il y a une évidence indéfendable en elle à laquelle je donne droit de cité instinctivement, sans doute parce que je viens de là, moi aussi.

— M'imaginez-vous une fois que vous serez repartie ? dit-elle à mi-voix. Nostalgique et encore tout étonnée d'avoir croisé votre route. L'existence recèle quelques rares miracles qui valent qu'on endure sa fichue médiocrité.

Elle s'appuie sur un coude et continue de me fixer, cette femme ne lâche jamais.

— Que fuyez-vous, Annemarie ?

— Vous connaîtrais-je un peu plus que je pourrais vous raconter ma vie…

— Alors disons : que cherchez-vous ?

— Je vous l'ai dit : la force de partir. Et de me déraciner totalement. Je ne veux plus de mon enfance. Je ne veux plus de cette Europe.

— Ne faites pas cette tête, c'est merveilleux ! Regardez-moi dans mon paradis clinquant, incapable d'abandonner mes spectres, sillonnant cette ville sublime qui me lasse, n'accomplissant rien d'utile, ni pour moi ni pour quiconque, sinon quand j'enlève une belle inconnue… J'aimerais tellement être capable de dire : « Je pars en Orient. »

— Rien ne dit, hélas, que j'aurai ce courage.

— Qu'est-ce qui vous retient à ce point? Ou plutôt… qui?

Sa question me crucifie.

Je m'effondre en larmes.

Giulia ouvre de grands yeux.

Je tente de me calmer. Je n'y parviens pas.

Elle attrape un mouchoir brodé dans sa veste roulée en boule au pied du canapé et tamponne mon visage.

— Pourquoi pleurez-vous? J'ai dit quelque chose qu'il ne fallait pas…

— Je pleure parce que si je pars, je devrai quitter la femme que j'aime! Voilà pourquoi je pleure!

Elle me serre dans ses bras. Sa peau contre la mienne, cette peau qui était encore brûlante il y a quelques instants, si sécurisante à présent.

— Ne vous agitez pas, ma belle. Si cette femme vous aime, elle vous suivra.

— Elle ne m'aime pas! Elle ne m'a jamais aimée! Pas de cet amour-là!

Elle contemple mon visage accablé.

— Vraiment?

— Vraiment.

— Alors… oui: partez. Partez, Annemarie. Et tant pis pour l'humanité.

— Mais ça me déchire le cœur de partir sans elle!

— Non: ça vous déchire le cœur de n'être pas aimée d'elle, c'est autre chose.

Elle caresse mon front.

— J'aurais tellement aimé réussir à me contenter de son amitié…

— On préférerait ça plutôt que rien. Je connais.

Mes sanglots s'estompent lentement.

— À vous aussi, c'est arrivé ?

Elle acquiesce.

— Si je pars, je la perds.

— Si vous partez, vous perdez un amour qui vous ravage, nuance.

— Comprenez-moi : j'ai fui ma famille, j'ai trouvé refuge auprès de cette femme et des siens. Et je devrais encore aller chercher ailleurs ?

Giulia me sourit pour toute réponse. Cette réponse que je dois aller chercher en moi-même.

— On est seuls, soupiré-je en me blottissant contre elle. Et on reste seuls. Il faudrait renoncer à l'amour. Alors la solitude ne serait plus cette fatalité blessante.

— Avec qui dînez-vous ce soir ?

— Avec vous.

— C'est bien ce que je me disais.

je ne te plais pas

C'était un soir d'août. La veille du départ pour Berck. Profitant de ce que son mari comatait au salon devant la télé, la mère de Jordan annonça aussi simplement que possible à ses fils qu'elle ne partirait pas en vacances avec eux dans le petit appartement qu'ils avaient loué sur Airbnb ; elle irait chez ses parents à Boulogne. Jordan, seize ans, et son petit frère, douze ans, tombèrent de haut. Ils n'avaient rien vu venir, pas d'éclat ces dernières semaines, leurs parents avaient dû régler ça entre eux quelques jours auparavant. « Je suis désolée, les enfants. Votre père vous expliquera s'il en a envie. » On ne commenta pas. La décision était manifestement irrévocable.

C'est ainsi qu'ils débarquèrent à Berck le samedi 3 août. Sans elle.

Le trois-pièces était situé dans un long bâtiment blanc de trois étages, face à la mer et bordé par une route à deux voies sur laquelle les voitures roulaient au pas. Minuscule balcon où l'on n'imaginait pas pouvoir faire autre chose que fumer, un séjour exigu et deux chambres (Jordan partagerait la sienne avec Enzo, comme d'habitude). Mobilier sommaire et très impersonnel. Il n'empêche, il fallait voir cette vue : plage immense, émaillée de petites cabanes en bois de toutes les couleurs autour desquelles des adolescents se regroupaient. Le temps changeait souvent, ça se couvrait, ça se dégageait mais quelle importance, il suffirait de guetter, il n'y avait qu'une rue à traverser. C'est ainsi que Jordan tenta de se rassurer, même si c'était franchement bizarre de se retrouver ici sans sa mère. Ça ne leur était jamais arrivé. Le père avait d'ailleurs mis en garde ses fils dans la voiture : il allait falloir l'aider, et être sympas, ne pas se disputer tout le temps, il n'aurait pas la patience.

À peine eurent-ils posé les bagages et fait le tour de la location que le père décréta qu'ils allaient faire un plein chez Carrefour. Il en avait identifié un à la sortie de Berck. Jordan et Enzo ne mouftèrent pas, même si l'envie de courir explorer le bord de mer les démangeait. Ils allaient passer des vacances plus ou moins en mode « cellule de crise », autant en prendre leur parti dès maintenant.

La séance de courses fut interminable. Le père n'avait pas pris la peine de faire une liste et il était complètement largué : habitué aux « marques repères » de Leclerc, il traîna ses fils dans les allées à la recherche de la moindre barquette de saucisses à prix cassé, le moindre paquet de gâteaux trois pour le prix de deux. Il sembla se détendre un peu quand ils arrivèrent au rayon des boissons. Les fils eurent droit à leur Ice Tea. Lui se choisit deux cubis, un de rouge, un de rosé, un pack de Bavaria, et par ici la caisse. Il en eut pour 215 euros. Penaud, il examina longuement le ticket : il avait dû faire plein de conneries, c'était signé, le premier plein ne coûtait jamais aussi cher.

Une fois à l'appartement, Jordan s'aperçut qu'ils avaient oublié le beurre, et le lait aussi. Le père se laissa tomber dans le canapé et regarda ses fils avec découragement, les avant-bras échoués sur son ventre proéminent. Jordan proposa d'aller s'enquérir d'une supérette en ville pour acheter ce qui manquait. Enzo voulut venir. Le père fit non de la tête : il resterait pour ranger les courses avec lui. Le père tendit un billet de 10 euros à l'aîné qui dévala l'escalier de l'immeuble, trop heureux de cette première escapade sans son boulet de frère.

Les immeubles qui bordaient la route et la plage étaient tous semblables au leur : bas et longs, occupés au rez-de-chaussée par les friteries, les brasseries et des boutiques qui vendaient des vêtements et des articles de plage. Les trottoirs étaient noirs de monde. On croisait un nombre surprenant de personnes en fauteuil roulant (Jordan comprendrait pourquoi quelques jours plus tard en passant devant le grand centre de rééducation) et des familles, encore des familles, toutes semblaient au grand complet, contrairement à la sienne, beaucoup de têtes de son âge, et pas mal de filles bien sûr. C'était grisant de se laisser gagner par l'espoir de faire connaissance et, qui sait, de sortir avec l'une d'elles.

Au bout d'un quart d'heure de marche, il arriva sur une esplanade où trônait une immense roue. À tous les coups, Enzo allait les tanner pour monter là-dedans. Et voilà, j'ai tout vu, se dit-il (il ignorait encore que le plus beau était situé à l'exact opposé, c'est-à-dire au-delà de leur résidence : vers les dunes et les blockhaus tagués). D'après les infos qu'il avait trouvées sur internet, en dépassant le vaste parking situé au pied de la roue, on aboutissait à la baie d'Authie où les touristes se pressaient à marée basse pour voir une célèbre communauté de phoques qui y avait élu domicile. Tu cherches une supérette, se rappela-t-il. Il prit tout son temps avant d'identifier la rue commerçante. Il savourait sa solitude au milieu de tous. « J'ai bien galéré pour trouver », dirait-il en rentrant, dûment muni du beurre et du lait.

*

Sur la plage, Enzo demanda à Jordan de gonfler sa licorne. Le père adressa à l'aîné un regard consterné : ils allaient encore se faire remarquer ; un enfant de douze ans sur ce truc rose, c'était la honte absolue. De son côté, Jordan ressentait une vague honte lui aussi, mais elle concernait les tatouages de son père qui lui paraissaient pathétiques depuis qu'il s'était empâté. Une gueule de lion grimaçait sur son biceps et l'on distinguait encore sur son épaule, floutés comme de l'encre sur un buvard, la faucille et le marteau qu'il avait entrepris de se faire enlever peu avant l'été.

— On va se baigner ? s'impatienta Enzo.

Le père s'ouvrit une bière et la but debout.

— T'éloigne pas trop, Zozo !

Jordan s'assit les fesses dans l'eau, jambes alignées devant lui, et il laissa les vaguelettes lécher son ventre. Chaque fois que l'eau fraîche atteignait une parcelle de peau sèche, il était parcouru de frissons. Il sentait son dos chauffer au soleil et ce contraste lui plaisait. Enzo gesticulait à son intention. Il y a encore un an ou deux, il l'aurait volontiers rejoint. Jordan aimait bien jouer avec son cadet avant. C'était d'ailleurs le premier compliment que formulait sa mère quand elle parlait de lui : « Jordan est super patient avec Enzo. » Quel poison d'indifférence la puberté avait-elle inoculé dans ses veines ? Il avait tout simplement découvert le désir du monde (le monde incluant à peu près tout, à l'exception de sa famille) et, surtout, le désir des filles. Enzo finirait lui aussi par abandonner ses jeux et il cesserait d'agripper son frère. En attendant, il chevauchait une licorne rose en se fichant royalement de l'allure qu'il pouvait avoir, vérifiant seulement que son grand frère suivait bien ses simagrées.

Penser à faire un selfie, se dit Jordan (pourquoi pas torse nu). Il avait téléchargé Tinder pendant le trajet et comptait bien partir à la découverte des filles connectées à proximité.

Le père somnolait, la cannette de Bavaria vide près de sa paume ouverte.

— Il est où ton frère? marmonna-t-il en se redressant péniblement.

— Il joue là-bas.

— J'aime pas qu'on le laisse seul.

— Il a douze ans, papa.

Le père se pencha sur le livre de Jordan.

— C'est pour ton bac français?

Aurait-il dit oui que Jordan aurait eu la paix, mais il avait si peu d'occasions de s'affirmer:

— Non, c'est pour moi.

Le père s'empara du livre, examina la couverture et le dos, mais sans lire le texte de présentation qui était long et écrit en tout petit, puis il le lui rendit. Il se mit alors à observer son grand avec une perplexité qu'un instinct prudent semblait nuancer: et si c'était bien, au fond, que son fils lise *pour lui*? Si c'était le signe qu'on allait pouvoir en faire quelque chose, contrairement à tous ces adolescents autour de lui qui ressemblaient en tous points à leur géniteur et iraient travailler à leur tour chez Cyclam?

— Viens, on va chercher Enzo. Tu t'es mis de la crème au moins?

Le genre de phrase que seule la mère prononçait d'ordinaire. Jordan se sentit brusquement cafardeux.

— On peut pas laisser les affaires sans surveillance, fit-il remarquer.

— Prends ton portable puisque c'est toute ta vie. Si t'avais une banane, tu te poserais pas la question.

Jordan avisa la sienne, en cuir, comprimée entre son gros ventre et le haut de son short kaki. Never ever.

Ils marchèrent vers la mer qui s'était retirée assez loin. Jordan avait envie de parler de sa mère, demander ce qui s'était passé. Il n'y arrivait pas.

— Ça raconte quoi ton bouquin ?

Comment expliquer ça ?

— C'est des histoires un peu mythologiques…

C'était très sommairement résumé mais Jordan s'en foutait puisque cette conversation tournerait court quoi qu'il dise.

— C'est ta prof qui te l'a filé ?

Il acquiesça. En réalité, il l'avait repéré sans l'aide de personne au CDI, l'avait emprunté, puis il avait fait mine d'oublier de le rendre.

Le livre était intitulé *Feux*. Ce n'était pas tant les histoires de Phèdre, Achille ou Antigone qu'il lisait et relisait que les aphorismes sur la passion que Yourcenar faisait figurer entre chaque récit. Il apprenait par cœur certaines de ces énigmes qui le mettaient sur la voie d'une expérience tant attendue. Il avait bien connu quelques emballements, embrassé une ou deux filles, mais il ne savait rien de l'amour. Pour lui, les livres devaient, au premier chef, lui enseigner quelque chose de ce vertige aussi fascinant qu'un peu terrifiant. Il y avait ça, par exemple, dingue d'obscurité pour lui mais si excitant : « Rien à craindre. J'ai touché le fond. Je ne puis tomber plus bas que ton cœur. » Et aussi : « Où me sauver ? Tu emplis le monde. Je ne puis te fuir qu'en toi. » Ces phrases le dépassaient mais il se sentait inexorablement attiré par la torture exquise que semblait provoquer l'amour. Ses parents avaient-ils connu la passion ? Sans doute au début.

Désormais, ils faisaient davantage penser à deux personnes lassées l'une de l'autre. La situation était peut-être même pire ; l'absence de la mère cet été-là en attestait cruellement.

*

Depuis qu'il avait découvert sa bite, Enzo se touchait sitôt dans le noir, et ce malgré la présence de son aîné. Jordan lui avait pourtant dit mille fois d'aller faire ses trucs dans la salle de bains ou aux toilettes, mais rien ne l'arrêtait. C'était une étrange période que Jordan avait dû lui-même traverser : encore très « bébé » quand il s'agissait de parader sur sa licorne gonflable, Enzo cherchait frénétiquement comment faire usage de sa queue dressée, légitimement convaincu qu'une partie non négligeable de son existence allait se jouer dans cette géographie entêtante.

Les premiers soirs, laissant donc son frère s'astiquer, Jordan se tourna et se retourna sous les draps, déplorant amèrement que les vacances débutent avec ce risque majeur : celui de devoir rester collés tous les trois. En l'absence de sa mère, il sentait peser sur lui une responsabilité inédite : il allait être contraint d'assister son père dans les tâches ménagères, s'occuper d'autant plus d'Enzo, contribuer à ce qu'ils se serrent tous les coudes, en somme. Cette unité de circonstance contrariait ses velléités impatientes. Parce que oui : il entendait bien quitter Berck en ayant eu sa première fois. Hors de question de revenir à Amiens puceau.

Le troisième soir, incapable de trouver le sommeil, Jordan finit par rallumer son portable. Le poing agité d'Enzo se stoppa net lorsque la lumière crue de l'écran jaillit dans la chambre. L'aîné ouvrit Tinder et commença à scroller les profils. *Agathe, 1 km, 19 ans, « Je t'attends »*, hilare sur un plongeoir. *Laura, 17 ans, 6 km*, deux affreux portraits confectionnés sur Snapchat, peau diaphane et surréelle, petites oreilles d'animal, yeux difformes et invraisemblablement bleus. *Lou, 19 ans, 500 m*, à l'arrière d'un bateau, haut de maillot rouge sur des seins volumineux, traits ingrats, le genre de fille, songea Jordan, que tu ne trouves pas belle mais qui se révèle excitante quand même. *Ana, 23 ans*, laisse tomber, quelle meuf de cet âge pourrait s'intéresser à toi, mec ? « *Mes cheveux sont doués d'une volonté propre* », sourire. *Marie, 24 ans*, vas-y, où sont les filles de mon âge ? *Kathia, 9 km, 19 ans*, lèvres déjà botoxées, exit. *Alice, 17 ans, 1 km*, large front semé de taches de rousseur, lèvres moqueuses mais sans pose de pétasse, petit nez en trompette, chevelure aux épaules légèrement torsadée, la bite de Jordan tend l'oreille, « *Pas d'histoire d'un soir. Je suis pas rousse en vrai, je suis teinte, OK ? J'ai créé ce compte à 4h20, bonne chance à toi* », Jordan sélectionne. *Valentine, 57 km*, no way. *Rose, 18 ans, « J'aime pas faire demi-tour »*, one point pour la punchline. *Passez à Tinder Gold pour voir les personnes qui vous ont déjà liké(e).* J'ai pas de compte bancaire, bouffon. Rideau.

*

Les jours se suivirent et se ressemblèrent, confirmant les craintes de Jordan. Relire pour la énième fois Yourcenar, descendre sur la plage mais remonter à cause d'un passage nuageux persistant, puis se remettre en chemin parce que le ciel se dégage et que le petit frère piaffe, adresser des sourires forcés à ses acrobaties, écouter de la musique au lit le temps qu'il se crampe sans succès (ou avec, Jordan ne cherchait bien évidemment pas à savoir), déjeuner et dîner dans une ambiance morose, avec un père plus laconique que jamais, sans doute occupé à ressasser ses histoires avec sa femme, mais : sujet tabou, il était même entendu qu'ils n'appelleraient pas leur mère pour le moment (« Elle doit se reposer, il ne faut pas la déranger »). Bref : tout se répétait sans nuance. Le plus cruel pour Jordan étant la promenade sur le front de mer le soir. Faire un tour de roue pour faire plaisir à Enzo. Lorgner vers ce bar lounge installé sur le sable (le Sunset) et ces adolescents nonchalamment avachis dans des canapés, cocktails à la main (« On ira une fois avant de partir, promis »). Devoir se contenter d'un Mr. Freeze et voir ces groupes de l'âge de Jordan massés autour des cabanes de plage, percevoir de loin leurs éclats de voix et les rires, deviner les rapprochements entre filles et garçons, se savoir condamné à ne jamais pouvoir infiltrer leurs veillées… Au fond, ces balades digestives ne servaient qu'à faire dessoûler le père, se lamentait Jordan silencieusement.

Un soir, il prétexta vouloir passer un coup de fil à l'un de ses amis d'Amiens. Il laissa son père et Enzo prendre de l'avance et appela sa mère.

— Ça va, mon chéri ? Tout se passe bien ?

— Tranquille…

Il avait la bouche toute sèche brusquement.

— C'est beau là-bas ?

— Ça va.

— Et l'appartement ?

— Je te dérange pas ?

— Bien sûr que non, mon loulou. Pourquoi tu me dérangerais ?

— Tu fais quoi à Boulogne ?

— Ben, je profite de mémé et pépé. Et je fais rien de spécial, c'est bien.

Les vraies questions tambourinaient dans la tête de Jordan mais ne sortaient pas.

— Tu rentres quand ?

— Ça, je sais pas, mon coco. Je vais peut-être avoir un arrêt de travail. Alors je resterai encore un peu sur Boulogne.

C'est à cet instant que Jordan en eut la certitude : sa mère ne rentrerait jamais à Amiens, et jamais à la maison.

— Je tourne pas très rond en ce moment. J'en fais trop, tu vois. Le travail, plus papa qui n'est pas toujours facile. Il boit pas trop au moins ?

— Ça va.

— Tant mieux.

— Mais tu nous diras quand tu reviens ?

— Bien sûr, je vous dirai. Enzo est avec toi ? Tu me le passes ?

— Il est avec papa, là. On se promène…

Jordan vit son père et son petit frère qui revenaient. Il n'avait pas beaucoup progressé, eux en revanche avaient eu le temps d'aller jusqu'à la grande roue et de revenir. Enzo avait dû se voir refuser un tour dans le ciel, il avait sa tête d'enfant boudeur.

— Faut que je te laisse, on t'embrasse.

La mère commença une phrase que Jordan interrompit en raccrochant.

— Il fait vraiment chier ! protesta Enzo.

Le père arrivait derrière, à son rythme.

— C'est même pas cher la grande roue en plus !

— On fera autre chose, Enzo.

— Mais quoi ? Toi non plus tu veux jamais rien faire avec moi !

— On ira voir les phoques.

— Quels phoques ? Qu'est-ce que tu racontes ?

Jordan observa son père : un type paumé sans sa femme et qui picolait depuis des décennies parce que, selon sa formule, « il faut être heureux au moins une fois par jour ».

— J'ai dit : pas tous les jours, la roue ! rappela le père à l'intention d'Enzo. On l'a déjà fait deux fois. C'te tête de bois, j'te jure !

Le père n'avait pas tant son visage renfrogné qu'un masque de tristesse. Il se sentait certainement humilié que ses enfants lui demandent des choses qu'il ne pouvait pas toujours leur payer. Jordan, si réservé d'ordinaire, posa une main sur l'épaule de son père. Enzo regardait ses pieds.

— J'aimerais bien, moi, vous emmener au Touquet ! reprit le père.

— Pourquoi tu parles du Touquet ? dit Jordan gentiment. Personne n'a demandé à aller au Touquet.

— Ça aurait plus d'allure qu'ici, je suis bien d'accord !

Du bras, il fit un geste panoramique.

— On est très bien, là, insista Jordan.

Le père fixa son aîné droit dans les yeux et rapprocha son visage du sien. Jordan sentit son haleine avinée, pourtant sa diction ne flancha pas :

— Si tu respectes ton père, tu arrêtes de dire n'importe quoi : on est chez les ploucs.

Il ajouta, mâchoires serrées :

— On est chez nous, quoi.

Le père reprit la direction de l'immeuble d'un pas empesé. Enzo voulut le rejoindre mais Jordan le rattrapa par le bras.

— Laisse-le. Tu vois bien qu'il a besoin d'être un peu tranquille.

— Pourquoi ?

— Enzo, gronda l'aîné, tu étais là, tu as entendu ce qu'il vient de dire, alors tu la fermes !

Enzo adressa à son grand frère un regard désarmé. Jordan s'en voulait : le petit avait parfaitement entendu, certes, mais il ne savait pas quoi faire de tout ça. Pas plus que lui d'ailleurs.

*

Il fallait réagir. Le lendemain, Jordan décida d'aller marcher seul.

— C'est mon moment à moi !

— Tu pourrais emmener ton frère quand même !

Non et non, il crevait d'envie de vivre un peu pour lui. Il avait perdu assez de temps comme ça.

Il repéra ainsi une splendeur qui aurait très bien pu rester inexplorée à force d'aller toujours au plus facile, à savoir juste devant leur immeuble : une interminable plage s'étendait à partir du centre de rééducation, en remontant vers le nord. Attiré comme un aimant, Jordan disparut une première fois en milieu de journée, simplement vêtu de son maillot de bain, son portable éteint et confiné dans la banane du père. Il arpenta l'interminable côte, grimpant au sommet des dunes herbeuses et dévalant les pentes comme un animal tout juste sorti de captivité. Bien sûr, il y avait la puissance de ce paysage que la mer recouvrait puis dévoilait, le rendant au monde parfaitement lisse et étincelant. Mais il y avait aussi et surtout qu'il était seul ! D'Amiens à Berck, la promiscuité contraignait chacun de ses faits et gestes : chambre partagée, bus, lycée, dîners, toujours les uns sur les autres… Quel bonheur de n'avoir plus aucun compte à rendre à personne. Alors il marcha, ce jour-là, et marcha encore, ces centaines de pas dans le sable meuble échauffaient les muscles de ses jambes, il peinait pour le meilleur, en chancelait, presque ivre : c'était un vertige insensé de fouler seul cette plage qu'aucune construction ne venait plus border.

Il réitéra le lendemain, fort de sa réplique-bouclier : « C'est mon moment à moi ! » Le père n'avait plus le cœur à batailler et le laissa faire. Cette fois, Jordan poussa jusqu'à un endroit assez fréquenté, Les Sables d'Opale. Deux caillebotis de planches déversaient leur lot régulier de vacanciers.

Il y avait là une douzaine de blockhaus comme Jordan n'en avait jamais vu : certains banalement échoués et d'autres dressés, tel ce mastodonte à flanc de colline et qu'un effondrement avait éventré. On voyait des enfants grouiller dans son antre, sauter de plateforme en plateforme. Oui, s'il n'avait pas été si égoïste, il aurait emmené son petit frère qui s'y serait éclaté.

La zone naturiste commençait à cinq cents mètres de là. Quand il comprit où il était, il ne quitta pas le bord de l'eau pour ne pas avoir à slalomer entre les corps nus. Mais ils étaient nombreux à se baigner ou tout simplement à marcher près de l'eau et Jordan sentait bien que certains voyaient d'un mauvais œil son bout de tissu pudibond. Il lui fallut deux jours supplémentaires et autant d'escapades solitaires pour oser retirer son maillot. Il se baigna nu pour la première fois de sa vie. Puis une deuxième fois. Puis une troisième. Il laissait son maillot sur le sable et plongeait dans les rouleaux. C'était une sensation indescriptible. De même que rester allongé sur le dos, là où la mer opère son ressac. Quand même, il gardait un œil sur son maillot au cas où quelqu'un (un chien ?) s'aviserait de le lui voler. Il s'imaginait contraint de rebrousser chemin à poil ou d'aller quémander un vêtement quelconque à une famille inconnue… Ce risque improbable lui faisait battre le cœur. Sans doute que ça l'excitait et qu'il rêvait même obscurément que cela arrivât.

Jusqu'à ce que, revenant d'escapade, Jordan retrouve un jour son père en panique totale.

— T'étais où encore ? J'ai perdu Enzo avec tes conneries !

— Comment ça t'as *perdu* Enzo ?

— Qu'est-ce que vous avez tous les deux à vous barrer, aussi ?

Jordan repéra deux cannettes de bière vides à côté de la serviette de son père.

— Tu t'es endormi, il est parti jouer, il va revenir et voilà.

Le père le fusilla du regard.

— Je ne me suis pas endormi, comme tu dis ! J'étais avec Herbline.

— C'est qui Herbline ?

— Un pote de Cyclam. Je l'ai croisé par hasard, on a causé et voilà : plus d'Enzo !

— Moi, je te dis qu'il va revenir.

Prononçant ces mots, l'angoisse du père commença à le gagner. Jordan poursuivit d'une voix plus incertaine :

— Allez, viens, on va le chercher.

— Mais j'arrête pas de le chercher ! Tu crois quoi ?

Le fils avisa la plage à marée basse et les hordes de baigneurs. L'aiguille dans la botte de foin.

— Enzo a douze ans, on ne se perd pas à douze ans.

— Tu dis ça tout le temps. Moralité, il est parti depuis plus d'une heure ! Il fait jamais ça !

Bon, le père n'arrivait pas à se calmer.

— On va le trouver, décréta Jordan.

Le père attrapa sa banane et Jordan enfila un t-shirt.

Ils marchèrent longtemps. Sur le sable sec. Puis au bord

de l'eau. Moins ils retrouvaient Enzo et plus c'était long évidemment. Le père observait les vagues. Oui, c'est bien à ça qu'il pensait prioritairement : la noyade. Enzo n'était pas parti avec sa licorne et c'était plutôt rassurant. Il devait être concentré sur une recherche de coquillages à la con, pensa Jordan.

— Il s'est peut-être fait un ami ?

Le père leva les yeux au ciel, exaspéré.

Quand Enzo identifia les deux silhouettes familières, il se leva mais ne courut pas vers eux, craignant certainement de s'en prendre une.

— Qu'est-ce que tu fous ? rugit le père. Tu vois pas qu'on te cherche partout ?

Il y avait là un couple et une fille de l'âge de Jordan. C'est l'homme qui prit la parole :

— Il ne savait plus devant quel immeuble vous étiez installés… Il faut dire qu'ils se ressemblent tous.

Le père avait honte de se retrouver en short, ventripotent devant ces inconnus.

— T'es pas doué, j'te jure !

Le visage du petit se crispa.

— Tout est bien qui finit bien, se félicita l'homme.

C'était un type svelte, grisonnant et assez classe ; même en maillot, ça se voyait : ça aurait pu être un supérieur de son père, présuma Jordan, pas le patron, mais quand même au-dessus. Les trois membres de la famille étaient cramoisis, un peu comme les nudistes qu'on voyait aux blockhaus. Le père tendit inopinément la main et l'autre la lui serra. On ne pouvait pas savoir s'il lui disait bonjour avec retard, au revoir un peu trop tôt, ou s'il le remerciait maladroitement de s'être occupé d'Enzo. Un peu tout ça en même temps, sans doute.

L'adolescente semblait fixer Jordan mais ses yeux étaient dissimulés derrière des lunettes noires, façon Ray-Ban, le genre d'ovale qui donne un air hautain et distant. Mais peut-être son regard passait-il complètement au-dessus de lui, c'était indécidable, alors Jordan se mit à la fixer car il voulait en décider malgré tout. C'était une belle fille : cheveux mouillés réunis en une courte tresse sur l'épaule, traits fins, les hanches laissant deviner deux fesses parfaites. Pour autant, c'était comme si Jordan ne la voyait pas vraiment puisque lui manquaient les yeux, un sourire et le timbre de sa voix, ce qui fait beaucoup pour juger. Bref, c'était une image un peu impossible qu'il aurait aimé tirer au clair.

Les deux pères scrutaient l'horizon en silence, comme si l'issue heureuse de cette péripétie exigeait qu'ils partagent encore un bref moment ensemble. Enzo ne savait plus où regarder et Jordan dansait d'un pied sur l'autre en matant la fille. Parfois, il se grattait une cheville.

— Eh ben, on va vous laisser, dit le père.

À son humeur massacrante s'était substituée une bonhomie ordinaire. Enzo leva la tête vers lui pour s'assurer qu'une soufflante ne couvait pas sous ce vernis aimable. Mais non, le père semblait revenu de sa frayeur.

— En route, mauvaise troupe ! lança-t-il.

Jordan fixa une dernière fois la fille sans regard et les suivit.

*

Le père n'avait pas oublié sa promesse d'emmener ses fils prendre un verre au Sunset. Tandis qu'ils prenaient la direction du spot tant convoité par Jordan, Enzo se mit à râler : il voulait retourner à la grande roue.

— Et puis, j'ai pas soif !

La brasserie avait installé sur le sable, en contrebas de la route, une vaste terrasse. Des haut-parleurs diffusaient de l'électro dont les basses concurrençaient les conversations. Jordan repéra une table libre et s'y précipita pendant que le père scannait l'endroit avec circonspection. Enzo traînait dans l'escalier, le regard perdu et déprimé.

Après avoir pris place, le père commença par détailler la carte mais, pour une fois, il ne commenta pas les prix. Il ne fallait pas gâcher l'ambiance qu'Enzo avait déjà un peu amochée. Ce dernier s'assit avec mauvaise grâce.

— Alors Enzo ? Tu vas te prendre un Fanta ?

Le petit haussa les épaules.

— Et toi, Jordan ?

— Un mojito.

Enzo prit cet air offusqué que Jordan détestait et que le petit dégainait quand il s'avisait de crier à l'injustice :

— Mais y a de l'alcool !

— Ben oui, bouffon. Mais moi, je peux.

— De temps en temps, précisa le père.

— Et moi, je pourrai quand ?

— Quand tu auras seize ans.

— Pourquoi seize ans ?

Jordan et son père se regardèrent. Comment justifier l'injustifiable ?

— C'est le pape qui l'a dit, conclut le père goguenard.

Le serveur apporta les boissons. Jordan remua avec sa paille la glace pilée et les feuilles de menthe.

— Je peux goûter, papa ? demanda Enzo en désignant le mojito.

— Allez, un tout petit peu.

— Mais tu goûtes avec ta paille, le prévint Jordan.

Le grand avait toujours détesté poser ses lèvres là où l'un des membres de la famille avait posé les siennes.

Enzo se pencha au-dessus du verre de son frère.

— Alors ?

— C'est même pas fort !

— C'est traître, rectifia Jordan.

Et c'est là qu'il la vit, installée juste en face de lui en compagnie de deux garçons. Jordan se figea, à tel point que son père se retourna, intrigué.

— Qu'est-ce que t'as vu ?

— Rien.

La fille sans regard de tout à l'heure avait, à présent, retrouvé le sien, son sourire aussi (d'adorables dents et des gencives très brunes). Sa voix, Jordan ne pouvait pas l'entendre avec la musique.

Son cœur se serra. Cinq minutes plus tôt, il savourait ce moment avec son père et son frère, et là, tout à coup… C'est bien sûr avec des gens de son âge qu'il aurait voulu être. Et pourquoi pas avec cette fille-là.

— Je voudrais voir maman, chouina Enzo en aspirant dans son verre vide.

Le père prit soin de ne plus croiser le regard de ses fils, comme absorbé par le petit spectacle social autour de lui.

— Papa, je peux reprendre un mojito ?

— T'as déjà fini ?

Jordan avait envie de s'assommer. Ce soir-là, il était bien le fils de son père, doublé d'un puceau désespéré.

*

— Je vous rejoins, lança-t-il.

— Il est bourré ! rit Enzo.

— Allez, allez, dit le père. Nous, on rentre.

Jordan s'éloigna en direction des dunes sur lesquelles la pleine lune jetait une lueur irréelle. Il s'assit sur un banc, en surplomb de la portion de plage occupée par le centre nautique.

— Soulagé d'avoir retrouvé ton petit frère ?

Il sursauta. La lumière des réverbères ne dessinait que sa silhouette mais il sut instantanément que c'était elle.

— Je dérange ?

Aucun son ne parvenait à sortir de la bouche de Jordan. L'adolescente prit place à côté de lui. Elle sentait le monoï.

— En vacances ?

— Ben, oui.

— Ah, il parle !

Jordan n'apprécia pas cette ironie. Déjà qu'il se sentait nul.

— Et toi ?

— Pareil.

— T'es vers où ?

C'était vraiment la question du mec qui n'a rien à dire. D'ailleurs, la fille laissa échapper un petit rire.

— Rue des Oyats, si tu veux tout savoir.

Jordan acquiesça dans le vide.

— Nous, c'est juste là.

Il désigna l'immeuble et la fille se retourna par politesse.

— La vue de l'appart est canon.

— Tu t'appelles comment ?

— Jordan.

— Moi, c'est Noémie. Mais tout le monde m'appelle No.

Elle lui tendit la main. Il la serra. C'était bizarre de serrer la main d'une fille.

— Il avait l'air super inquiet, ton père…

— Cette année, on est venus sans ma mère, alors tout prend des proportions pas possibles.

— Elle a eu un problème ?

— Oui. Avec mon père. Mais j'en sais pas plus. Je pense qu'ils vont se séparer.

Noémie adressa à Jordan une moue compatissante.

— On marche un peu ? proposa-t-elle en désignant la plage.

Ils commencèrent par faire quelques pas en silence.

— T'es en quelle classe ? finit-elle par demander.

— Première. Et toi ?

— Je passe en terminale. Tu te grattes beaucoup, non ?

La main de Jordan s'immobilisa sur son bras.

— C'était qui les deux mecs avec toi au Sunset ?

— Je les connais vaguement. Pourquoi ça t'intéresse ?

— Ce qui m'intéresse, c'est comment on se fait des amis en vacances ! dit-il non sans auto-ironie.

— Ben, il suffit d'aller vers les gens. Comme je viens de faire avec toi. Pourquoi t'oses pas ?

— Alors ça…

— Tu sais pas ?

Il savait très bien. Il pouvait être un garçon intéressant quand il voulait, mais il n'avait pas de repartie, ni le talent pour faire des vannes et amuser la galerie.

— Tu passes en première quoi ?

— L. Et toi ?

— ES. T'as fait L parce que tu savais pas quoi faire d'autre ?

Jordan se raidit.

— Désolée, se reprit-elle. C'est pas ce que je voulais dire.

— Mais c'est ce que t'as dit. Tu trouves que L c'est pour les losers ?

— C'est le grand truc de mon père… J'ai sorti ça par pur réflexe, je le pense pas.

Jordan était complètement fermé brusquement. Parce qu'il y avait ça aussi : il n'était pas très drôle, mais il était également très susceptible.

Le ressac battait non loin d'eux. Il se mit à écouter son rythme régulier, le fracas des vagues plus ou moins appuyé.

— Alors t'as lu quoi cet été, Monsieur L ?

— *Feux* de Yourcenar.

Du tac au tac.

— Et c'était bien ?

— Je l'avais déjà lu. J'adore.

— Ça raconte quoi ?

— C'est sur l'amour.

Jordan réalisa brusquement qu'il était en train de faire la connaissance d'une fille. Ce qu'il attendait depuis de longs jours était en train d'arriver !

— Et donc l'amour ?

— Eh ben, c'est pas très drôle ! se força-t-il à rire.

— Par exemple ? demanda-t-elle, très premier degré.

— J'ai pas vraiment d'exemples. J'ai des citations.

— Vas-y.

On sentait qu'elle avait conscience d'avoir un an de plus que lui. Ou était-ce son naturel désarmant qui donnait cette impression de décontraction supérieure ?

— « On arrive vierge à tous les événements de la vie. J'ai peur de ne pas savoir m'y prendre avec ma douleur. »

Elle attendait. Mais c'était tout.

— C'est beau, dit-elle finalement. C'est court, mais c'est beau.

— « La seule horreur, c'est de ne pas servir. Fais de moi ce que tu voudras, même un écran, même le métal bon conducteur. »

— Qu'est-ce qu'il veut dire exactement ?

Jordan ne prit pas la peine de la reprendre pour le « il ».

— Ben, il a peur que la personne qu'il aime ne le serre plus dans ses bras. Ne l'aime plus, en fait.

Elle sortit un paquet de cigarettes et s'arrêta pour en allumer une. Elle tira une bouffée et tendit la clope à Jordan. Il n'avait jamais fumé, mais il l'attrapa quand même. Comme ils s'étaient remis en marche, les gestes étaient moins précis et ses doigts touchèrent les siens. Il pensa aussitôt à ses lèvres qui venaient de se poser sur le filtre. Il se mit aussitôt à tousser. Elle lui tapa dans le dos.

— Encore ! implora-t-elle gentiment.

— Encore quoi ?

— Une citation !

— « Quand je te revois, tout redevient limpide. J'accepte de souffrir. »

— J'adore… On dirait des paroles de chanson un peu.

— Grave.

Elle le regardait en coin.

— T'as remarqué que t'as souvent les mâchoires serrées ? lança-t-elle.

— Hein ?

— Comme si t'étais en colère.

— Tu regardes souvent ce genre de choses ?

— Ouais, j'aime bien.

— Je suis pas en colère. Enfin, je crois pas.

— Alors ça veut dire quoi à ton avis ?

— Pourquoi t'es venue me parler ?

Elle sembla méditer le caractère abrupt de la question, puis conclure qu'il n'y avait là rien d'agressif, juste une tentative maladroite sans doute.

— Y a rien de chelou. C'est juste toi qui sais pas comment aborder les gens.

— Bien ouéj.

Elle tourna son visage vers Jordan avec un sourire narquois. Il percevait de nouveau son parfum de monoï. C'était bien plus enivrant que le sillage du mojito qui lui était resté après le Sunset et que la bouffée de tabac venait d'engloutir.

— On va se revoir ? lui demanda-t-il.

La situation y conduisait si logiquement qu'elle n'avait pas grand-chose à redire.

— Tu veux ?

— Clair.

— Marché conclu.

Il se demanda alors fébrilement : quel marché ? Même si ce n'était manifestement qu'une expression.

*

Le lendemain matin, il fallut emmener Enzo voir les phoques dans la baie d'Authie. Jordan n'en avait pas la moindre envie, mais il jugeait sage de céder là-dessus pour pouvoir plus tard, et sans états d'âme, passer un moment avec Noémie comme ils l'avaient vaguement évoqué.

Enzo s'imaginait certainement qu'ils pourraient caresser les phoques, mais ils se retrouvèrent au milieu d'une petite foule sur une digue à regarder, à une centaine de mètres, les dizaines d'animaux échoués sur la bande de sable découverte à marée basse. Enzo insista pour qu'on s'approche d'eux.

— Tu vois bien que c'est pas possible ! tenta de le raisonner le père.

— Mais c'est trop nul !

— Non, c'est pas nul, Zozo, dit Jordan, toujours désireux qu'il ait son content ce matin-là. C'est même très rare de voir ça.

Il tapa « phoques Berck » sur Google et commença à réciter (il était très en joie, de bonne volonté finalement, car son après-midi promettait) :

— « La colonie de la baie d'Authie s'est installée à la fin du dix-neuvième siècle. Ces phoques ont longtemps été chassés car leur peau et leur graisse constituaient des ressources prisées. En 1972, la chasse a été interdite. Certains mois de l'année, on peut en observer jusqu'à une centaine. Deux espèces sont reconnaissables : le veau marin et le phoque gris. »

— Mais on s'en fiche ! beugla Enzo.

Et il tapa du pied. Tout le monde les regardait.

— Écoute, si tu continues comme ça, on fera plus rien ! menaça le père.

Jordan, lui, comprenait parfaitement son petit frère : c'était effectivement et objectivement trop nul.

Sitôt le sandwich du déjeuner avalé, il partit en quête de Noémie sur la plage. Il la trouva en compagnie de ses parents, à peu près au même emplacement que la veille. Il était en maillot de bain et t-shirt. Il aurait aimé que l'adolescente le repère d'elle-même et vienne à lui, mais elle était allongée, les yeux fermés, à écouter de la musique. Il fut bien obligé de se planter devant les parents, priant pour qu'ils le remettent. La mère força un sourire et secoua le bras de sa fille qui sursauta. Elle retira ses lunettes et sourit.

— C'est Jordan, rappela-t-elle au cas où. Le frère du garçon perdu.

Ils acquiescèrent mollement. Jordan se sentait très mal à l'aise, raide et sans savoir quoi dire.

— Tu ne l'as pas de nouveau perdu au moins ? plaisanta la mère.

Ce « de nouveau » signait quelque chose, une chose de leur classe. Chez Jordan, on ne disait pas « de nouveau », on disait « encore ».

— Non, non. Je venais juste voir No.

Il usa du surnom en espérant que ça finirait de légitimer sa venue.

— On avait dit qu'on irait marcher, ajouta-t-il.

— D'accord, dit Noémie très spontanément.

Et elle se leva. Il regarda ses courbes brunies disparaître sous un paréo. Puis il dit aux parents :

— Au revoir.

Lesquels ne répondirent pas, l'une absorbée par *Match*, l'autre par sa liseuse.

— On va de quel côté ? demanda Noémie.

Jordan indiqua la direction des blockhaus et ils se mirent en route, zigzaguant entre les vacanciers.

— Ils font quoi tes parents ? demanda Jordan.

— Experts-comptables.

— Où ça ?

— Béthune.

— Pourquoi vous allez pas en vacances au Touquet plutôt ?

Noémie lui adressa un regard d'incompréhension.

— Le Touquet, c'est plus chic, crut-il bon d'argumenter.

Elle haussa les épaules.

— Moi, mon rêve, ce serait d'aller en Corse pour voir les aiguilles de Bavella, annonça-t-il.

Elle fut surprise par tant de précision.

— C'est quoi exactement ?

— Des montagnes très hautes qui font une sorte de cirque.

Elle esquissa un sourire.

— Je sais même pas si je rêve d'aller quelque part, moi…

— Je suis sûr que tu peux trouver si tu cherches bien, dit-il avec un enthousiasme un peu enfantin.

Ils progressaient les pieds dans l'eau. Les vaguelettes éclaboussaient le bas du paréo de Noémie qui collait à ses chevilles. De son côté, Jordan avait envie de retirer son t-shirt mais il n'osait pas.

— La Californie, suggéra-t-elle finalement.

— Pourquoi ?

— Pour le surf.

— Pour les surfeurs ! rit-il.

Elle fit oui de la tête.

— J'avoue, j'adore les regarder. Quand ils s'allongent à plat ventre sur leur planche et qu'ils battent des bras pour partir au large…

— T'en fais ?

Elle secoua la tête.

— Mais j'aimerais bien essayer. Une fois, on est allés en vacances dans les Landes. Là-bas, y en a plein. Tu les vois défiler avec leur planche sous le bras toute la journée. Tu fais quoi comme sport, toi ?

— Je fais pas trop de sport, désolé.

— Tu viens souvent marcher ici ?

Selon les moments, la conversation de Noémie s'essoufflait ou bifurquait brutalement. Jordan craignait de l'emmerder.

— Y a moins de monde, dit-il. Et j'adore ce blockhaus.

Il désigna le bunker éventré à flanc de colline.

Ils arrivaient dans la zone naturiste. Jordan eut un flash improbable : il les imagina, Noémie et lui, retirant leur maillot et se baignant nus. À cette seule pensée, il ressentit deux brèves décharges dans sa bite.

Noémie ne tarda pas à s'apercevoir qu'il n'y avait plus que des gens nus autour d'eux.

— Tu savais ? rigola-t-elle en les désignant du menton.

— Non, je suis jamais venu aussi loin.

Elle continua à rire. Ce n'était pas un rire méchant. Elle était étonnée, c'est tout.

— C'est bizarre de faire ça, tu trouves pas ?

— Quoi ? D'être tout nu à la plage ?

— Ouais…

— Je sais pas.

— Tu l'as déjà fait ?

— Non. En tout cas, ce que je trouve bien…

Il resta le nez en l'air. Dans son fantasme, qui revenait au galop, Noémie disait : « On essaie ? »

— Ce que tu trouves bien ? relança-t-elle.

— C'est qu'on ne voit pas qui est riche et qui est pauvre. Tout le monde est au même niveau.

— Vu comme ça… J'ai une copine qui va tous les étés à Montalivet avec ses parents. Elle trouve ça totalement normal depuis le temps. Il faudrait qu'elle m'emmène une fois !

Emmène-moi aussi, pensa Jordan.

— On fait une pause ? reprit-elle. Tu marches super vite.

Elle se dirigea vers le sable sec, étendit son paréo et s'allongea, visage tendu vers les rayons du soleil. Jordan se posa à même le sable. Appuyé sur ses coudes, il observait en coin cette jambe repliée, et l'autre nonchalamment étendue sur le tissu bariolé. Il finit par retirer son t-shirt. Il se fit une place en creusant un peu le sable d'un mouvement des hanches, puis ferma les yeux à son tour.

Il aurait donné beaucoup pour que ce moment dure tout l'après-midi. Et se reproduise à l'identique des jours et des jours. Mais il quittait Berck le surlendemain. Sa rencontre avec Noémie arrivait trop tard. Il pensait à ça par avance : cette douceur aux senteurs de monoï n'était pas envolée qu'elle lui échappait déjà. Il se mit à réciter du Yourcenar dans sa tête : « Et tu t'en vas ? Tu t'en vas ?… Non, tu ne t'en vas pas : je te garde… Tu me laisses dans les mains ton âme comme un manteau. »

— Tu penses à quoi ?

— « Je ne tomberai pas. J'ai atteint le centre. J'écoute le battement d'on ne sait quelle divine horloge à travers la mince cloison… » Merde, j'ai un trou… « … la mince cloison charnelle de la vie pleine de sang, de tressaillements et de souffles. Je suis près du noyau mystérieux des choses comme la nuit on est quelquefois près d'un cœur. »

— Pas tout compris, s'excusa-t-elle.

— Moi non plus !

Elle murmura, pensive, comme s'adressant à quelqu'un d'autre :

— J'ai rencontré un garçon étrange et mal à l'aise qui récite de la poésie…

— C'est mon portrait-robot ?

— Voilà. Et toi, tu dirais quoi ?

J'ai rencontré une fille-paréo dont je voudrais respirer la peau, toute la peau, sans laisser la moindre parcelle vierge de mon souffle.

— Je trouve pas…

— T'en écris ?

— Quoi ?

— Des poèmes ?

— Ça m'arrive.

— J'en étais sûre.

— Mais ils sont en anglais.

— Pourquoi ?

— Parce que c'est trop intime en français.

Il avait entendu Charlotte Gainsbourg dire ça à propos de ses textes de chanson. Bien sûr, Jordan n'avait jamais écrit aucun poème de sa vie.

— T'en connais un par cœur ?

— Euh… oui.

— Tu me le dis ?

— Tu vas pas te foutre de ma gueule ?

— Ben non, puisque je te demande…

Jordan tourna la tête de trois quarts et, lentement, commença à dire ce qui lui passait par la tête (heureusement qu'il assurait en anglais) :

— *The monkeys in my head / Could burry you instead / Of letting our love dead / I am not gingerbread…*

Noémie resta silencieuse. À l'évidence, elle ne connaissait pas le mot « gingerbread », sinon elle aurait au moins souri.

— Tu me touches, chuchota-t-elle.

On aurait dit qu'elle parlait à un enfant.

Jordan se leva précipitamment et il courut vers l'eau.

— Je suis plein de sable !

Il plongea d'un coup, espérant de toutes ses forces réussir à refroidir cette bite et ce cœur brûlants.

*

— T'étais où, bordel ?

Le père s'était mis à gueuler sans préambule.

— Tu les passes avec qui tes putains de vacances ? Réponds ! Où c'est que tu te barres tout le temps ? Quatre heures, bordel ! Nous, on s'est dit quoi à ton avis ? Pas la peine de regarder Enzo, il va pas répondre à ta place ! Quatre heures ! T'étais où ?! T'étais perdu ?! Réponds !

Il en crachait. Jordan, lui, retenait son souffle, statufié dans l'embrasure de la porte.

— Tu crois qu'on n'a pas été voir les sauveteurs ? Tu te prends pour qui ? T'es majeur peut-être ? Hein, hein ?

Il était dix-huit heures. Deux cannettes de bière vides gisaient sur la table du salon.

— Moi, je fais quoi? Plus de gamin! Hein? Tu dis quoi? Mon gamin, il se barre et il revient pas, je fais quoi? Tu crois qu'Enzo, il a pas pleuré? Et ferme-moi cette putain de porte à la fin!

Il tira violemment son fils par le bras, le poussa au milieu de la pièce et claqua la porte.

— Il faisait quoi, bordel de merde? Il reste à regarder la mer à cinquante mètres de nous pendant qu'on le cherche à devenir fous? Réponds! Pourquoi tu me fais ça? Tu crois pas que c'est assez dur comme ça? Faut que t'en rajoutes en plus? Que je pouvais même plus consoler ton frère!

Enzo observait Jordan en se mordant les lèvres, emmerdé d'atterrir contre son gré dans la gueulante du père, ses yeux disaient: j'y peux rien, et si Jordan le regardait toutes les trois secondes, c'était bien pour lui dire: t'inquiète, j'ai compris.

— Tu verras quand tu devras te saigner pour payer les vacances à tes gamins et que tes gamins, ils te pisseront à la gueule!

Cette image était dégueulasse, il mélangeait tout et Jordan ne savait pas du tout comment il allait le faire redescendre. Ça ne serait jamais arrivé si maman avait été là, pensa-t-il. Et plus le père gueulait, plus le fils avait pitié de lui. Une vraie pitié, une pitié triste.

— C'est pas juste, t'es qu'une saloperie de gamin et tu réponds même pas! Y a quoi là-bas?

Il désigna, à travers la vitre, la direction dans laquelle il voyait Jordan disparaître chaque après-midi.

— Y a quoi qu'est plus beau qu'ici ? Hein, hein ? C'est plus beau parce qu'on est pas là ?!

Il finit par s'écrouler sur le canapé. Enzo s'était enfui dans la chambre. Jordan fit quelques pas vers son père qui fondit sur la table basse et, d'un revers rageur du bras, envoya foutre les deux cannettes à l'autre bout de la pièce. Jordan avait peur de s'en prendre une. Le père ne les avait jamais frappés, ni Enzo, ni la mère, ni lui, ce n'était pas du tout son genre, mais là, il avait peur, alors il resta debout et abattit ce qu'il estimait être son seul atout :

— Je suis amoureux, papa.

Les deux mains du père qui fourrageaient dans son crâne furieux se stoppèrent net et il leva des yeux bouffis vers son fils.

— Je suis désolé si tu t'es inquiété. J'étais avec elle.

Le père fixait Jordan sans rien dire, comme si son fils venait de dire une chose à laquelle il n'aurait jamais pu penser et il est certain qu'il était très loin d'avoir pensé à ça. Quand les enfants leur échappent, les parents pensent aux conneries, aux dangers, pas à l'amour.

— Amoureux ? répéta-t-il incrédule. Ça vient de sortir ?

— Oui. Elle s'appelle Noémie.

C'était le moment de s'asseoir à côté de lui.

— Mais… Comment je veux dire… Ça fait longtemps ?

— Deux jours.

— Mais tu l'as rencontrée où ?

Le père mettait des « mais » partout quand il était désarçonné.

— Tu te souviens quand on a perdu Enzo ? Le couple et leur fille ?

— C'est elle ?!

Jordan fit oui de la tête. Le père lâcha un petit râle qui tenait aussi bien du rire de stupeur que d'un reste de lamentation.

— J'y crois pas…

Il bougeait la tête dans le vide.

— Tu pouvais pas m'en parler ? Plutôt que de disparaître comme ça…

— Tu l'as dit à tes parents, toi, le jour où t'es tombé amoureux pour la première fois ?

Jordan sentit tout de suite qu'il tenait un argument béton et, d'ailleurs, le père esquissa un sourire.

— Mais tous les autres jours, tu faisais quoi ?

Jordan haussa les épaules.

— J'errais. J'avais envie de rencontrer une fille et j'étais triste parce que je me disais que ça n'allait pas arriver.

Il voyait bien, à son visage, que son père comprenait, il se revoyait à son âge certainement. Il s'était fait un sang d'encre, il avait imaginé le pire, mais il comprenait à présent.

— Alors tu vas aller la retrouver ce soir ?

Jordan n'avait même pas le numéro de Noémie. En revenant des blockhaus, ils s'étaient juste dit : « À demain. » Allait-il devoir faire semblant de courir dans ses bras après dîner pour fournir à ses excuses des dehors vraisemblables ?

— Pas tout de suite. Elle mange avec ses parents. Ils sont rue des Oyats.

Le père ne savait bien évidemment pas où était la rue des Oyats ni pourquoi il était question de leur adresse tout d'un coup (parce que les mensonges doivent être semés de détails aussi précis que possible pour sonner juste).

— Tu vas dîner avec nous ?

— Ben oui. Comme tous les soirs, papa.

La tête d'Enzo venait de réapparaître dans le séjour.

— On a fait peur à Zozo, dit Jordan.

Il avait bien dit « on », pas « tu ».

Les deux sourirent. Enzo souriait à son grand frère. Et le père souriait à quelqu'un qui n'était pas là.

*

Jordan n'avait que le choix de rejoindre son banc au-dessus du centre nautique en espérant que Noémie aurait la même idée.

Il attendit une heure. Il se retournait sitôt qu'il percevait des pas. Ce n'était jamais elle, juste un vieux qui promenait son chien ou un couple de retour de balade. Parfois, dans un réflexe absurde, il consultait l'écran de son portable. Il était dans l'impossibilité de chercher Noémie sur Facebook et sur Instagram, ne connaissant pas son nom de famille. Il était allé sur Tinder, implorant le hasard ou la chance.

Il était vingt-trois heures, il était découragé. Après avoir jeté un œil sans espoir au Sunset, il grimpa dans les dunes en s'éclairant avec la lampe torche de son portable. Il échoua sur une petite pente qu'un massif d'herbes hautes encerclait. Il s'allongea, bras croisés derrière la nuque, et ses yeux se perdirent dans des constellations indifférentes.

— Tu voulais me semer ?

Il sursauta et bascula la tête vers la voix essoufflée. Noémie se laissa tomber à côté de lui.

— Comment t'as su que j'étais là ?!

Elle lâcha son petit rire habituel.

— Je t'ai suivi de loin. Mais j'ai failli te perdre.

Il en aurait pleuré.

— Je t'ai attendue là-bas…

— On avait pas rendez-vous, rappela-t-elle.

À présent, ils étaient allongés côte à côte, exactement dans la même position.

— J'ai jamais réussi à être fascinée par tout ça, fit-elle remarquer au bout d'un moment.

— Tout ça quoi ?

— Les étoiles. Je dois être trop terre à terre comme fille.

— Et si je te dis que certaines que tu vois briller sont totalement dead ? C'est pas fascinant, ça ?

— La vitesse de la lumière, bla-bla-bla, on m'a déjà fait le coup.

— C'est pas un « coup », dit-il sèchement.

— J'aime bien quand tu te vexes.

Elle alluma une cigarette. C'était bon de sentir, par effluves réguliers, l'odeur de la fumée qui jaillissait de ses lèvres.

— Je me suis fait massacrer par mon père.

— Pourquoi ?

— Il s'est inquiété.

Jordan la sentit qui hésitait à dire quelque chose. Qu'elle finit par dire :

— T'as honte de lui ?

— Pourquoi tu dis ça ? s'offusqua-t-il.

— Parce que je l'ai vu.

Et c'est vrai que Noémie voyait tout le temps plein de choses, pas simplement quand il grattait le sel sur sa peau ou gardait les mâchoires serrées.

Comme il clignait des yeux nerveusement, il se frotta une paupière pour faire croire à une poussière. Noémie, délicate, ne releva pas.

— Je l'aime, reprit-il. C'est mon père. J'ai plus souvent honte de moi, si tu veux savoir.

— Tu me touches, répéta Noémie.

Si seulement, pensa-t-il avec une amertume défaitiste car il était d'humeur à tout prendre au pied de la lettre.

— T'as une copine, Jordan ?

— Nan. Et toi ?

— J'ai pas de copine non plus.

Ils rirent. Après, les choses lui échappèrent. Il ne pensait vraiment pas qu'il oserait faire ça. Il pensait, au contraire, qu'il était typiquement le genre de garçon qui n'osait jamais rien et qu'il allait passer à côté de beaucoup de choses dans sa vie à cause de ça. Mais, contre toute attente, il approcha son visage de celui de Noémie. Il respira tout d'abord sa peau. Leurs nez s'effleurèrent, puis leurs pommettes, elle émit une petite expiration, comme un appel timide. Il l'imita. Chercha ses lèvres, les trouva, et elle posa la paume de sa main sur sa joue, la caressa très lentement tandis que leurs bouches s'entrouvraient pour laisser leurs langues glisser l'une contre l'autre.

— T'embrasses trop bien, chuchota-t-elle après ce premier baiser.

— C'est pas la première fois qu'on me le dit.

— Petit con, sourit-elle.

Elle le fit basculer sur le dos et se lova sur lui.

— Je t'écrase pas trop ?

— Je décède... ! joua-t-il, la voix étranglée.

Elle faillit le prendre au sérieux et s'écarter mais il la retint. Ils s'embrassèrent de nouveau et Jordan explora la peau sous le t-shirt. Il bandait et elle devait le sentir. Il déposa des baisers dans son cou. Sa frange chatouillait ses joues. À un moment, il dut dégager son bassin quand même.

— J'ai mal, rigola-t-il.

Et il désigna son jean. Sa bite formait une bosse. Même à la lueur de la lune ça se voyait.

— Ah oui, quand même, marmonna-t-elle.

— Ben, c'est à cause de toi, hein...

Baiser sur le nez.

Baiser sur le menton.

Noémie se calfeutra contre son profil et dit :

— On ferme les yeux. On ne bouge plus.

— On ferme les yeux, obtempéra-t-il à voix haute. On ne bouge plus.

Et ils restèrent comme ça, parfaitement assemblés.

À un moment, il l'entendit murmurer :

— C'est trop bien.

Alors il répéta d'une voix languide :
— Trop bien.
Ce n'est qu'à deux heures du matin qu'elle secoua doucement son épaule. Il fallait rentrer. Ils se relevèrent, ils avaient un peu mal partout à force d'immobilité emboîtée. Mais même ça, c'était bon.

*

Il y a quand même toutes ces choses que Jordan n'avait pas osé faire. Comme demander à Noémie son numéro. Ou lui dire qu'il repartait samedi. Pour lui, chaque minute de ce vendredi fatidique serait précieuse et torturante. Avait-il seulement la moindre chance de la revoir après Berck ?

Incapable de s'endormir ce soir-là, il vérifia sur Mappy la distance qui séparait Amiens de Béthune : 134 kilomètres. Il consulta les trajets en train : une heure trente (correspondance à Arras) ou deux heures (correspondance à Lille), une vingtaine d'euros contre huit en bus. C'était peu dans l'absolu, mais ça restait certainement un périple difficile à caser dans une vie lycéenne. Une fée, en qui il avait moyennement confiance, semblait ricaner au-dessus du berceau fragile de cette rencontre. Tout allait trop vite dans sa tête, les questions catastrophistes se pressaient : pourquoi Noémie ne lui avait-elle pas demandé son numéro à lui, et pourquoi ne l'avait-elle pas interrogé à propos de son départ ? Il suffisait de retourner les questions et tout devenait menaçant. Étapes brûlées, panique à bord, il s'agitait dans son lit et ne parvenait à s'accrocher à rien de raisonnable. Dans le fond, il craignait que Noémie ne cherchât ce que la plupart des garçons cherchent l'été et qui lui aurait tout à fait suffi aux premiers jours des vacances : un coup. Par-dessus tout (ou : pire que tout), il y avait ce fait tangible et incompressible : le séjour à Berck se terminait bel et bien samedi et il y avait un risque certain pour que son histoire avec Noémie ne soit qu'un chapitre sans suite.

Le lendemain matin, bien qu'épuisé par ses conjectures nocturnes, il sut se convaincre de n'en rien montrer à Noémie. Il présumait qu'en amour, comme en tout, la solennité triste n'est pas sexy.

— Tu vas nous la présenter au moins ? claironna le père lorsqu'ils prirent le chemin de la plage.

— Qu'est-ce que ça change si je vous la présente ?

Ce qui signifiait : on repartira quand même.

— Et puis, vous l'avez déjà vue, ajouta-t-il.

— Mais on a pas été présentés ! insista le père. En tout cas, t'as intérêt à bien profiter aujourd'hui.

C'était gentil de sa part d'une certaine façon : il *souhaitait* sincèrement à son fils une belle journée. Dans le même temps, il le rappelait à l'ordre : il ne s'agirait pas de considérer cet épisode réjouissant comme autre chose qu'une passade estivale. La vraie vie était à Amiens, bientôt ce serait la rentrée, existence qui rattraperait Jordan dès le lendemain et l'engloutirait avec, pour tout bonus, la désertion probable de sa mère. Vraiment, cette journée s'annonçait compliquée. Il ignorait qu'elle serait catastrophique.

*

— Tu fais la tête ? s'inquiéta Noémie.

— Pas du tout.

Ils marchaient en direction des blockhaus.

— Comment tu le trouves ?

Elle désigna son nouveau maillot de bain deux pièces bleu canard qui découvrait le haut de ses petites poitrines et une large partie de ses fesses. C'était une image difficile pour Jordan. Mais, contrairement à la veille (et puisqu'ils « sortaient ensemble » désormais), il put au moins se pencher et l'embrasser. Noémie s'immobilisa, saisit son visage à pleines mains, le retint, et ils se respirèrent dans un long souffle, bouches collées.

— Je comprendrai jamais pourquoi vous mettez des trucs qui descendent jusqu'aux genoux…

Elle envoya un coup de menton vers son maillot à lui.

— Ça doit être tellement relou quand c'est mouillé.

Jordan hésita :

— Ça te dirait qu'on se baigne après les blockhaus ?

— Avec les culs nus ?!

— Oui…

Elle lâcha un rire franc.

— Ça va pas la tête ?

Il força un sourire. Laisser croire à une blague. Et ne pas donner à Noémie l'occasion de souligner une énième fois sa susceptibilité.

— T'es sortie avec beaucoup de mecs ? interrogea-t-il, le regard pudiquement plongé dans l'écume à ses pieds.

— Non. Pourquoi ?

— Comme ça.

Elle le prit par la main.

— Et toi ?

— Pareil. Tu fais quoi ce soir ?

— Viens, on se met là !

Un peu plus loin commençait la zone naturiste. Jordan était déçu. Il aurait été prêt à toutes les impudeurs aujourd'hui. Mais il la suivit. Elle s'allongea sur son paréo déployé.

— Fais-moi une place.

Elle se décala et il se glissa contre elle. Monoï.

— Tu m'as pas répondu : tu fais quoi ce soir ?

— Je te vois. Tu pensais que j'avais prévu de faire six fois la grande roue avec ton père ?

— Je voudrais t'inviter à boire un verre au Sunset.

— M'inviter ? articula-t-elle réjouie.

Elle l'embrassa sous l'œil, juste au creux de la pommette.

— T'es vraiment gentil, toi.

Il enfouit son front dans le cou de Noémie. Il sentait le cafard cogner sous ses côtes.

— Tu me caresses ? marmonna-t-il, la bouche à moitié enfouie dans le parfum du paréo.

— Je te… caresse ?

— Oui.

— Où ça ?

— Ben, où tu veux.

Sa main qui hésite et se pose sur la nuque de Jordan, puis descend lentement le long de sa colonne vertébrale et s'immobilise juste avant l'élastique du maillot.

— Tu crois que tu le garderas plus tard ?
— Quoi ?
— Le duvet blond avant tes fesses ?
Il sourit.
Oui, je le garderai.
Promis.
Alors reste avec moi.

*

Ce soir-là, il vola vingt euros à son père. Il aurait très bien pu les lui demander, mais c'était prendre le risque de se les voir refuser. Or Jordan avait promis. C'était la dernière soirée avec Noémie. C'était important. C'était grave.

À vingt et une heures trente, il se présenta rue des Oyats, devant une maison haute en briques beiges. À travers la porte-fenêtre du rez-de-chaussée, il aperçut les parents encore attablés. Noémie devait se préparer dans sa chambre. Son pouls s'accéléra au moment de sonner. La mère ouvrit, lui sourit aimablement et le fit patienter dans le vestibule.

— No ! Jordan est là !

C'était déjà quelque chose qu'on se souvienne de son prénom.

Le papier peint était d'un autre âge et ça collait parfaitement avec la douce odeur d'humidité qui l'avait saisi en entrant. Le parquet grinçait sous chaque pas.

Noémie dévala les marches tout en zippant son blouson rose à capuche.

— Pas trop tard ! lança la mère depuis le séjour.

Main dans la main, ils se dirigèrent vers le front de mer, puis bifurquèrent sur la gauche, en direction du Sunset.

— Ils s'aiment encore tes parents ? demanda Jordan avec cette candeur directe qu'il avait gardée de l'enfance.

— Y a des fois où ils se supportent plus. Mais je crois qu'ils s'aiment, oui. Tu penses aux tiens, c'est ça ?

Parler de choses importantes le plus souvent possible : pour Jordan, c'était aussi une façon de montrer à Noémie qu'il prenait leur flirt très au sérieux.

Elle pressa le pas, l'entraînant dans l'escalier qui menait au bar lounge. Ils choisirent une banquette où ils pouvaient s'asseoir côte à côte face à la mer. Noémie commanda une piña colada, Jordan un mojito. 8 euros × 2 = 16, impeccable, se dit-il.

— Ça te dirait qu'on fasse du paddle demain ? proposa-t-elle.

Il ne parvint pas à répondre tout de suite. C'était manifestement le moment de lui annoncer son départ.

— On peut en faire à deux ?

— Bien sûr !

Elle fureta sur son portable et lui montra plusieurs photos où l'on voyait tantôt un couple, tantôt un père et son fils, pagaies en main sur les flots. Il s'imagina avec elle. C'était une représentation assez cruelle.

— Je sais pas si j'arriverai à tenir debout sur ce truc…

— Mais si ! Tu te sous-estimes comme d'habitude.

Jordan goûta ce « comme d'habitude ». D'abord, ça donnait l'illusion d'un couple pas si débutant. Plus sûrement, ça signifiait qu'elle commençait à le connaître un peu, tout du moins elle l'observait, l'analysait : elle faisait vraiment attention à lui.

— Alors on peut essayer, conclut-il.

Et ces mots lui coûtèrent infiniment.

— Tu m'invites ce soir, je t'invite demain, sourit-elle. J'irai réserver.

Et ils se turent. N'était ce départ qu'il ne parvenait pas à évoquer, Jordan aurait pu savourer ce moment silencieux entre eux, de ceux qui l'avaient toujours terrifié chez ses parents ou chez ces gens qu'il voyait parfois se faire face dans les restaurants, les yeux ailleurs, sans échanger la moindre parole ; il aurait alors constaté qu'on peut rester sans parler avec quelqu'un qu'on aime. Bon, il n'y était pas et se mordait l'intérieur des joues. Il finit par prendre la main de Noémie, en examina les lignes de vie, pour rien, comme ça, et embrassa la paume plusieurs fois.

*

C'est Noémie qui proposa de partir sans payer.

— Mais j'ai de quoi ! chuchota Jordan, cueilli par l'adolescente dont les yeux brillaient.

C'était faux, ils avaient recommandé une tournée, il n'avait pas du tout de quoi.

— On se lève comme si de rien n'était, prononça Noémie à son oreille. On se dirige vers la mer. Et on court !

Jordan était estomaqué. Mais c'était la seule solution pour se sortir de cette situation. Comment avait-elle deviné, qui saurait expliquer ça ? Et pourquoi avait-il proposé un autre verre, lui aussi ? Parce qu'il était bien. Non, en vérité, il était mal, rongé par ce qu'on sait, mais si bien avec elle, alors il s'était abandonné au plus déraisonnable (que l'alcool lui avait soufflé). Elle aussi s'était laissé envelopper par la langueur de l'instant. Et puis, à un moment que Jordan n'avait pas vu venir, elle était comme sortie de cette bulle d'immunité, elle avait jaugé la table basse, et Jordan, et la note, elle avait pris une vingtaine de secondes pour réfléchir, et elle avait dit :

— On se tire.

Ils coururent comme des dératés. Combien de temps ? Jordan riait, toussait, le souffle lui manquait. Noémie l'encourageait à foncer.

— On va être grillés là-bas ! beuglait-il.

— On s'en bat les steaks, on ira ailleurs !

Personne ne les pourchassait mais ils couraient quand même, ivres de leur chétif méfait, heureux d'avoir trouvé un semblant d'aventure car c'est bien ça qu'il leur fallait, on ne peut pas parler de Yourcenar tout le temps.

Ils parvinrent jusqu'aux dunes où ils avaient désormais leurs habitudes. Ils ralentirent. Jordan se retourna : toujours personne à leurs trousses. De toute façon, bien que Noémie l'ignorât, c'en était fini du Sunset, qu'est-ce qu'on s'en foutait.

L'adolescente s'écroula sur le sable. Il se serra contre elle et baisa son cou, son menton, ses lèvres, son oreille.

— Trop bien, murmura-t-elle. On bouge plus.

— On bouge plus.

Mais, brusquement, Jordan eut envie de pleurer. Alors il se remit à embrasser Noémie, et ça va passer, songea-t-il. Tantôt elle répondait d'un baiser lapidaire, tantôt rien. Et là, à cet instant précis, il manque quelque chose : Jordan ferait bien de parler de tout ce qu'il a dans la tête. Mais il ne parle pas. De rien. Ni du départ demain, ni d'autre chose. Son cafard s'entête autant que sa bite tire sous le tissu du jean. Il n'en peut plus. De tout.

Est-ce que

Quoi

Non, il ne parle pas et il fait doucement basculer Noémie sur le dos. Il passe une main sur ses seins, sur son ventre et sur sa braguette. Elle se contracte et sourit faiblement en hissant la tête. Puis elle ne sourit plus.

— Attends…

Il essaie de déboutonner son jean.

— Jordan… Non…

— Tu vas voir.

Il ignore totalement ce qu'elle va voir, c'est la première fois qu'il fait ça. Il s'agenouille au-dessus d'elle et tente de faire glisser son pantalon. Elle a un regard effaré et ne l'aide pas du tout, alors ses gestes à lui deviennent plus autoritaires.

— Jordan, qu'est-ce que tu fais ? Ça va trop vite, là !

Il continue.

— Jordan, non !

Tu vas aimer, pense-t-il, tu vas voir. Et il se jette sur elle pour l'embrasser à pleine bouche. Ce n'est plus du tout la même façon d'embrasser, c'est une bouche de goinfre, il est excité à mort. Noémie détourne le visage, dégoûtée.

— Arrête!

Mais il saisit son visage à deux mains, le positionne face à lui et se remet à manger sa bouche. Puis, la retenant de l'avant-bras au niveau du cou, il extirpe sa bite dressée de son jean, tire d'un geste sec sa petite culotte et va pour la pénétrer. Elle pousse alors un cri perçant qui le stoppe net.

Ce n'est pas de l'effroi qu'il voit sur le visage de Noémie, sidération oblige : c'est la concentration maximale de qui attend anxieusement de savoir si la chose va reprendre ou pas. Elle est à la fois prisonnière et témoin embusquée, attendant l'issue d'un combat inégal avec le calme absolu qu'on trouve dans les situations de danger extrême.

Jordan relâche lentement la pression de son bras, se redresse et se met à genoux.

Et là, brusquement, il comprend.

Ça vient d'un coup.

Il comprend ce qu'il vient de faire, mais c'est un autre qui dit :

— Je ne te plais pas.

C'est une phrase totalement déplacée.

C'est la phrase d'un innocent qu'il n'est plus.

Il voudrait ajouter quelque chose, mais rien ne vient.

Noémie est toujours allongée sur le dos, pétrifiée. Elle le fixe, à l'affût. Comme il ne bouge plus, elle se redresse, sans cesser de le fixer.

— T'es un grand malade, dit-elle d'une voix terrifiée qui le tue instantanément.

Et il ne sait plus qui il est.

— Tu comprends quand on te parle ? hurle-t-elle. Tu comprends ce que ça veut dire : non ?

Elle se masse le cou en grimaçant. Il lui a fait mal.

— Sale connard !

Elle se lève précipitamment et disparaît dans l'obscurité.

Tout est gelé derrière son front à lui. Tout est frappé d'irréalité. Les images ne tarderont pas à revenir, funestement précises, mais pour le moment, il y a ce réflexe roué du cortex : blanc, rien.

Il se lève à son tour, fait quelques pas jusqu'en haut de la dune, vérifie qu'elle s'est bel et bien enfuie. Alors il s'en remet entièrement à ses pas hagards qui sauront le raccompagner jusqu'à l'immeuble où doivent déjà dormir son père et son frère. Il marche avec l'empreinte de son corps sur Noémie, ça y est, les images reviennent, ses gestes impérieux sur elle et cette chose (qui n'est pas encore une phrase, ça viendra plus tard) : c'est fait, ça restera.

Cette nuit-là, l'automate veule rentre donc à l'appartement sans chercher son chemin, il ne prête pas attention au père qui ronfle dans le canapé, il n'éteint pas le téléviseur, il pénètre dans la chambre des fils, se laisse tomber sur son lit sans se déshabiller, il se recroqueville et ne s'endormira qu'à la plus extrême limite de la fatigue.

*

— Le zombie est réveillé ! lance le père avec un sourire en coin. Ça va ? On s'est bien amusé au moins ?

Clin d'œil complice d'un père à son fils.

Enzo lève le nez de son bol de corn flakes et contemple avec un certain contentement la gueule défaite du grand frère.

— T'as dormi tout habillé ? s'étonne le père.

Il continue à s'affairer en cuisine où il semble avoir pris ses marques. Plus du tout l'homme paumé des premiers jours. C'est la fin des vacances : pense-t-il qu'il va retrouver sa femme ? Pour le moment, Jordan n'est pas en état d'envisager leurs improbables retrouvailles, ni quoi que ce soit d'ailleurs. Il s'avance vers la cafetière.

— Je vais en refaire. Va ranger tes affaires en attendant, on file dans pas longtemps.

Jordan reprend la direction de la chambre.

— Et dis voir : faut faire le ménage ?

Le fils fait signe que non, c'est compris dans le forfait.

— Allez, dépêche-toi. Je vais rassembler ce qui reste de bouffe.

Jordan enfourne les vêtements dans son sac de voyage, ça prend trois minutes. Il va pisser et retourne à la cuisine pour boire un café qui lui fout aussitôt la gerbe.

Plus tard, sur la route, le père avise la mine sinistre de son fils dans le rétroviseur.

— T'en fais une tête !

— Papa ? le coupe Enzo. Est-ce que la prochaine fois on pourra refaire la grande roue ?

Enzo est en boucle, comme à son habitude, tout à ses obsessions de plaisir. Lui, du moins, ne fait de mal à personne.

Jordan tente de retenir les sanglots, il grimace, et puis il cède et se met à pleurer, ça ne s'arrête plus, la tête effondrée dans ses mains.

— À ce point ? s'étonne le père médusé en fixant toujours son reflet. Hé, t'en rencontreras d'autres des filles !

Jordan aimerait avoir le courage d'ouvrir la portière, là, et de sauter. Mais il n'a pas ce courage.

Le père lance alors en se retournant de trois quarts :

— Allez, raconte, mon bonhomme : elle habite loin ? Tu voudras que je te conduise ? Je peux bien faire ça pour mon fils, tu sais.

j’ai le soleil au moins

7 septembre 1921

Ma chérie,

Dieu soit loué : le soleil est revenu sur Piquey ! On n'y croyait plus. Radiguet est toujours avec moi (tu verras que j'avais raison de miser sur ce vaurien : son roman va être épatant). Il y a aussi Bertin, Marcelle et Lipchitz. Je retrouve mon hôtel de bois comme je l'aime, inondé de lumière, entre la forêt et la mer. T'ai-je dit que les prix sont devenus exorbitants dans tout le bassin : 50 F pour une promenade sur l'eau, un luxe de nabab (alors quoi : nous restons à terre) ! Il n'empêche : qu'on est bien à Chantecler. Béni soit Lhote de m'avoir conduit ici. J'ai repris mes habitudes estivales : je travaille tous les matins sur le balcon. Mimosas et figues se disputent l'air. On entend les coqs, les grillons et les cigales. Puis nous passons les après-midi à l'océan : seuls au monde. C'est l'Afrique, maman. Sauvage, primitive, déserte. Et d'une touffeur étourdissante. Où qu'on aille, c'est pieds nus, quand bien même le sable brûle. On se croirait aux premiers âges du monde. On voit quelques dauphins. Il nous arrive d'aller pêcher des crabes et des couteaux. Le soir, nous dansons le fox-trot avec Dourthe, la propriétaire. Puisse mon Éden demeurer ainsi ad vitam. J'accumule les notes pour mon prochain livre. Je ne prendrai le canot automobile que si vraiment Radiguet a besoin de cahiers supplémentaires. Je rentrerai vers la fin septembre. Pourquoi ne viendrais-tu pas entre-temps ? D'ici là, je continuerai à t'écrire aussi souvent que possible et à t'informer bien sûr des avancées de mon bronzage ! Je t'aime.

Jean

Je plie la lettre et la glisse dans l'enveloppe. Une heure au moins que Raymond n'a pas appelé, tapé contre le mur ou quémandé. Au rez-de-chaussée, Dourthe joue l'*Ave Maria* au phonographe. J'aimerais être capable de savourer cette paix, mais à quoi bon travestir : les jérémiades de Radiguet me manquent. D'un coup de langue, je scelle l'enveloppe, me lève et passe une tête dans le couloir, guettant le moindre petit raffut qui pourrait me rappeler à l'existence de l'être adoré qui bouillonne dans la pièce à côté. Raymond que j'ai traîné à Piquey d'autorité et, pour ainsi dire, enfermé loin de Paris et des frasques qui me le ravissent ordinairement. Ici, Raymond est à moi. Il s'en agace et me l'a fait payer de sa mauvaise humeur sitôt arrivé, mais je préfère ça plutôt que ses échappées en ville où rien ne promet jamais qu'il me sera rendu, où chaque regard porté sur sa jeunesse brouillonne et admirable m'est une torture, une menace. Raymond m'est temporairement prêté et je devrai le restituer bien trop tôt. Le restituer à la vie. La sienne. Qui se fera sans moi (je ne suis ni fou ni aveugle). Dans l'intervalle : je profite. Enfin… si l'on peut dire. La nuit dernière, je me suis introduit dans sa chambre avec ce dépit familier qui me fait si souvent désespérer de moi-même depuis notre rencontre. Ivre mort, il n'avait pas quitté son costume et s'était endormi à même le dessus-de-lit. Je me suis emparé de l'un de ses cahiers vierges et je l'ai croqué. Puis, agenouillé au pied du lit, j'ai caressé son dos mais n'y ai trouvé qu'une pierre dure et froide. Je me suis juré d'attendre à l'avenir qu'il se manifeste par un geste ou une parole, je ne peux pas continuer à me faire mal comme ça : on ne saurait embraser une tombe.

Incapable de m'éloigner, je me suis occupé à légender mon croquis :

Il me serait bien doux
De déranger ton rêve
De l'habiter longtemps
Alors je tremblerais
Que le soleil se lève
Et t'ouvre à deux battants

Mais rien ne console. Jamais. Et surtout pas la poésie.

— Maître !

L'ironie de son beuglement me parvient à travers la cloison (les murs de Chantecler sont aussi minces que les feuilles de nos cahiers).

— Maître, par pitié !

Il sait que je déteste cette déférence moqueuse. Je ne suis

son « maître » qu'à défaut d'autre chose… Le sagouin en joue. Je lui écraserais bien la tête dans ces cas-là. Au lieu de quoi je me précipite dans sa chambre, endossant le rôle de composition qui m'incombe : celui dudit maître qui vient, en toute saine froideur, vérifier la copie de son élève.

Raymond me fixe de son regard hautain qu'une mèche de cheveux sales vient barrer. Ses lèvres ourlées boudent.

— Ah, cette odeur ! dis-je.

J'ouvre la fenêtre en grand.

Il désigne – comme on le ferait d'une pièce à conviction indigne – le premier cahier de son roman que j'ai corrigé :

— Qu'est-ce que vous reprochez à mes verbes ?

Je m'empare de l'un de ses Patriotas, me l'allume et tire une longue bouffée.

— Vous avez des tics, Raymond. Ne vous trompez pas sur ce qu'est profondément le style : non pas une façon compliquée de dire des choses très simples mais une façon très simple de dire des choses compliquées.

— J'ai l'impression de me retrouver au lycée ! C'était bien la peine d'en partir !

— Si vous avanciez plutôt que de vous plaindre de moi ?

— Vous me donnez envie de laisser ce pensum en plan. Les poèmes, au moins, s'écrivent au soleil.

— Patience. Nous irons vers quatre heures. Pour le moment, c'est intenable, je vous assure.

Je jette un œil sur le cahier ouvert : « Ressentant de l'amour pour Alice, j'en ôtais à René, à mes parents, à mes sœurs. »

— Il faudra changer le prénom d'Alice, là…

— C'est pourtant le sien, rétorque Raymond en refermant le cahier d'un geste las.

— On ne fait entrer personne sur scène sans masque. Vous voudriez qu'on pense que vous avez vraiment vécu cette histoire ?

— Je l'ai vécue.

— Écoutez, votre roman va faire suffisamment de ramdam comme ça. Vous direz que tout y est faux, faites-moi plaisir.

Raymond s'enfonce dans le fauteuil et m'adresse un regard narquois.

— Alors disons... Béatrice ?

Je serre les dents.

— Valentine ?

— Pas besoin d'inventaire ! Je le connais votre tableau de chasse !

— Ou Denise ?

Il faut s'y résoudre : ce garçon est sadique. Il me tient. Je ne devrais pas réagir mais – est-ce ainsi que mon rôle est écrit ? – je tourne les talons et sors de la chambre en claquant la porte.

— Fermez à clef pendant que vous y êtes !

Je réapparais dans l'embrasure. Une folle pathétique.

— Vous seriez capable de sauter par la fenêtre !

— Je veux rentrer à Paris ! gémit-il. Vous m'avez fabriqué une prison ! Il pleut un jour sur deux et Bertin m'emmerde. Toujours à grimacer en beuglant... Il serait fichu de se noyer rien que pour attirer l'attention sur lui.

— Vous voulez l'écrire ce roman, oui ou non ?

— J'ai trouvé un titre. Je m'en tiendrais bien là. C'est le plus amusant à chercher.

— Quel est ce titre ?

— *Les yeux secs.*

— Ce titre mérite un roman. Écrivez-le.

— Bien, maître, persifle-t-il.

— Autant de morgue dans un corps si jeune…

— Vous faites bien d'en parler, soupire-t-il. J'ai hâte d'être vieux : je ne vous aurai plus dans les pattes.

Dire qu'à cet instant j'ai le cœur serré serait un euphémisme. Raymond finira par m'en faire une noix rassie.

— Je veux un verre, ordonne-t-il.

— Non ! Ce soir. Vous buvez déraisonnablement.

— C'est l'internat ici !

— Vous êtes pire qu'une vieille comédienne. Hop, hop, hop : au travail !

— Ne comptez pas sur moi pour vous dédier ce bouquin.

Raymond trouve un plaisir tout particulier à foncer vers le moment fatidique où il sera allé trop loin.

— Mon cher élève, vous êtes un grand garçon, l'embarcadère est à deux pas. Alors, si vous le souhaitez, vous prenez le vapeur et vous disparaissez !

Je déteste quand ma voix s'égare dans les aigus : elle ruinerait le meilleur avocat.

Je claque la porte une seconde fois et je m'enfuis pour de bon.

Oublier cet infâme marmot. Et aller m'enquérir du facteur. Je dois lui confier la lettre à maman.

*

Le postier a vingt ans. Et il est infiniment plus gracieux que mon écrivaillon. Mais qui saurait me tirer des griffes de Radiguet ?

La trahison est un délice pour qui souffre comme je souffre : après avoir contemplé le beau visage du jeune homme qui a pris mon enveloppe, je me plais à traverser la dune pour gagner l'immense plage où nous avons coutume de lézarder nus comme des vers. Raymond va s'apercevoir que je ne l'ai pas attendu, il en sera vexé mais il saura bien où me trouver. Bertin et Marcelle nous rejoindront. Pierre occupera tout l'espace comme d'habitude, ne laissant d'autre choix à Raymond que de se terrer dans le silence et me darder des regards furieux. J'aime voir Raymond furieux. J'aime quand il m'en veut. C'est là ma seule compensation : tenter de le contrarier comme un enfant qui martyrise son chat et rêve de le câliner sitôt après lui avoir fait subir ses petits sévices.

Quand Raymond débarque, je me languis de lui sur mon bout de tissu. Il se dévêtit, constate que je lui bats froid. Son corps maigrelet et osseux me tombe dessus et il me force à lui faire un peu de place sur la serviette.

— Je préférais quand on écrivait ensemble l'été dernier, se lamente-t-il.

Je le vois venir : il va m'attendrir et s'acquitter ainsi de s'être mal comporté tout à l'heure.

— Et si vous rappeliez Satie à sa promesse de faire la musique de notre *Paul et Virginie*? reprend-il.

Mes yeux se perdent dans les herbes hautes qui tapissent la dune.

— S'il lambine trop, je lui parlerai thune. Le pauvre Satie ne marche plus qu'à ça.

— Vous êtes intraitable... Sans lui, vous ne sauriez même pas où est Montparnasse et vous ne seriez pas cette coqueluche.

— « Intraitable », moi ?! Avez-vous entendu Satie parler de jazz, par exemple ?

— Vous avouerez qu'il faut se pincer pour ne pas rire quand vous vous mettez à la batterie.

— Je joue mieux que tant d'autres !

Il passe une main dans mes cheveux.

— J'ai vingt bras ! Je suis le dieu du bruit, moi !

Raymond approche son visage du mien, sûr de son effet.

— Ayez une pensée pour Satie, murmure-t-il. Regardez-nous à Piquey et imaginez-le dans son bouge d'Arcueil.

— Pensez-vous qu'il soit le plus malheureux ?

Je fixe Raymond droit dans les yeux. Dans l'espoir qu'il comprenne... quoi ? Ce qu'il sait parfaitement et dont il abuse ?

— Si notre *Paul et Virginie* reste orphelin, je le proposerai à Poulenc, tiens. Je suis libre.

Raymond se relève sur un coude, attrape son pantalon. Il en fouille les poches. Il sort un papier chiffonné qu'il lisse du plat de la main sur le sable.

— Pouvez-vous le lire ?

— Vous avez encore écrit un poème ?

— Promis, c'est le dernier !

Je lis :

Initiales enlacées
Sur le sable comme nous-mêmes
Nos amours seront effacées

Et c'est tout.

— Vous n'aimez pas, constate-t-il.

C'est, bien sûr, aussi limpide que génial.

Radiguet feuillette mon cahier.

— Dites : c'est moi, ça ?

Il désigne le croquis que j'ai fait hier pendant son sommeil. J'acquiesce sans commenter. Je relis son poème.

— Vous savez, Raymond, j'apprends sans doute beaucoup plus avec vous que vous n'apprenez avec moi.

— De quoi parlez-vous ? D'esthétique ?

— Bien sûr…

Mon petit chapelet d'énigmes me désespère. Que ne suis-je capable de lui parler sans détour ? Mais ce serait courir le risque de provoquer sa franchise tranchante. Alors j'avance avec raison. Laborantin acharné, je dose savamment mes compliments et j'attends fébrilement qu'il fasse entendre sa tendresse. Je m'accroche à l'idée que je l'obtiendrai et je sais que je ne l'obtiendrai jamais. Le tout serait de savoir si je perds mon temps ou si je vis là ce que l'existence a de plus intense à m'offrir. Dans quel territoire de mon âme Raymond a-t-il pris ses aises et suis-je encore seulement « maître » en ma demeure ?

— Avez-vous écrit à votre « môman » aujourd'hui ?

— Raymond : tu m'emmerdes !

Il éclate de rire, se redresse vivement, me tend la main. Je la saisis et il m'aide à me lever.

— J'ai été injuste avec vous : j'adore nos vacances studieuses. Allons nous jeter à l'eau. Je vois Bertin et Marcelle qui arrivent déjà.

Je n'aime rien tant que marcher à ses côtés, tous deux nus, dans le souffle imperceptible de septembre.

— J'ai rêvé cette nuit qu'on m'envoyait au service militaire, annonce-t-il.

— Je vous ferai exempter.

— Décrivez-moi ce que nous avons devant nous.

— À quoi bon vous avoir acheté ces lunettes, Raymond ?

— Je les ai essayées mais je n'ai pas aimé ce que j'ai vu. Je préfère quand c'est vous qui me racontez.

Ses flatteries, pour grossières qu'elles soient, m'électrisent. Il sautille comme un enfant impatient. Je suis peut-être le seul à pouvoir accéder à cette simplicité désarmante. À Paris, Raymond s'arme de sa canne, comme pour dissuader on ne sait trop qui de lui chercher des noises. On ne l'entend guère (sauf quand il parle aux femmes). Une fois seulement, il a pris la parole de façon inopinée : un peintre de La Ruche venait de nous présenter une toile affreuse, précisant qu'elle n'était pas terminée, et Raymond a lancé :

« Il serait humain de l'achever. » Au reste, il s'est fabriqué une posture effacée et réfléchie. Il ne s'exprime que si on l'interroge. Il prend alors du temps pour formuler sa réponse, sourcils froncés, et les mots s'égrènent d'une voix un peu dure. Quand il met un point à sa phrase, il rougit et esquisse un sourire pudique, comme pour s'excuser de quelque idiotie. Mais avec moi, Raymond ôte la muselière prudente et fait entendre le sale gamin. C'est là mon discutable privilège que je ne parviens même pas à déplorer, sauf quand il se met en tête de me blesser. Avant-hier, par exemple, je le sermonnais sur sa consommation d'alcool et je me suis entendu dire : « Mon cher, vous vous trompez de personne : je ne suis pas Madame Jean Cocteau. »

— On est quand même mieux ici que dans cette maudite Auvergne, sourit-il.

— Sous le soleil.

— Exactement ! Est-ce qu'on voit l'île aux oiseaux aujourd'hui ?

— Aujourd'hui comme tous les autres jours, Raymond.

— Pourquoi votre mère ne m'aime-t-elle pas ?

— Qu'est-ce que ma mère vient faire là ? Vous seriez bien aimable de la laisser à Saint-Jean-de-Luz.

— Que craint-elle de moi ? Enfin… pour vous, devrais-je dire. Vous lui avez dit que j'étais avec vous cette fois-ci ?

Comment peut-on avoir tout vu et tout compris à dix-huit ans ? Il est vrai que j'ai menti à maman l'an dernier, lui dissimulant la venue du « petit monsieur » à Piquey.

— Ma mère craint le désordre qui vous accompagne, voilà !

— Et me refuse à présent le divan de votre bureau.

— Ah, pauvre Monsieur Bébé.

— Cessez de m'appeler comme ça ou je vous coule !

— On éduque décidément bien mal les garçons à Saint-Maur.

— Jean, promettez-moi de ne plus écrire à mes parents.

— Ils s'inquiètent, que voulez-vous…

— Vous devez faire preuve d'une extraordinaire inventivité pour les rassurer, je suppose.

— J'improvise quand vous disparaissez et que je ne vous vois pas revenir. Comprenez-vous à présent l'intérêt que vous avez à rester avec moi ? C'est le prix de votre tranquillité : « Raymond est rue d'Anjou chez Monsieur Cocteau, alors tout va bien ! »

— Atteindrons-nous jamais l'eau ? s'étonne Raymond. Elle n'a jamais été aussi loin, ma parole !

— Ma conversation vous ennuie ?

— Jamais, ô grand jamais, maître !

Il se met à courir. Il plonge, je fais de même. Je le rattrape sans tarder : son crawl est laborieux, je le distance sans mal.

Quand je me tourne dans sa direction, je ne le vois plus. J'agite tous mes membres pour rester à flot. J'attends qu'il revienne de sa coulée, mais rien. Les secondes passent, formant une ou deux minutes interminables. J'aperçois enfin la courbe de son dos et me précipite. Raymond ne fait pas la planche : il flotte, inanimé.

— Raymond !

Je tente de le retourner, en vain. J'empoigne son front et redresse son visage brutalement.

— Raymond ! Vous m'entendez ?

Il ne répond pas, paupières closes. Je cale un biceps sous son aisselle et je tente vaille que vaille de revenir vers le bord de l'eau. Bertin a compris et se précipite. Marcelle le suit de près. Quand je parviens enfin sur le sable, je m'écroule. Bertin traîne le jeune homme. Je me recroqueville sur le flanc et crache. Le corps de Raymond a tracé une tranchée funeste dans le sable imbibé. Je les rejoins à genoux et à bout de souffle.

— Raymond ! s'égosille Bertin. Répondez ! Répondez !

Il le gifle. Nous voilà tous trois penchés au-dessus du corps inerte. Celui-ci ouvre alors les yeux et part d'un éclat de rire tonitruant.

— Ah, je vous ai bien eus !

Comment faire ? De l'ange ou du démon, j'ignore lequel j'aime le plus.

*

Ma chérie,

Si j'étais honnête, je t'écrirais ceci : ton fils dépérit. Comme il me serait doux de me confier à toi ce soir... Mais j'aurais beau t'écrire tous les jours (je n'en suis pas loin), je ne pourrais jamais te dire l'essentiel. Pour cela, je te hais comme je t'adore, maman. Si notre amour devait me servir à quelque chose, ce devrait être à m'aider aujourd'hui : j'ai quitté la plage, prétextant je ne sais quel malaise, tentant maladroitement de dissimuler mon infâme cafard, et me voilà à t'écrire cette lettre sincère que je vais enfourner dans la corbeille parce que je te sais sourde : tu ne souffriras jamais Radiguet ni personne que j'aime. Tu ne souffres personne d'autre que toi dans mon cœur. Je pleure et implore les dieux auxquels je ne crois pas de me délivrer de toi. Je m'en vais jeter cette lettre. C'est là ta énième victoire.

Jean

*

On toque à ma porte, je reconnais la phalange cristalline de Radiguet. Il me trouve au lit, enrubanné dans mes étoles, au milieu d'un nuage de tabac. Je vois à sa paupière qu'il a déjà beaucoup bu.

— Alors que se passe-t-il encore ?

Je grimace à l'écoute de ce « encore ».

— Une insolation passagère.

Il tâte mon front. Je me prends à espérer que son geste se poursuivra par… je ne sais pas… une caresse, mais sa paume est déjà loin.

— Vous ne dites rien ? dis-je. Vous êtes un drôle de médecin…

— Quand l'heure est grave, il faut se garder d'énoncer le diagnostic.

Et là, il sourit si joliment.

— Nous jouons aux dominos au salon : c'est affreux sans vous !

Il saisit ma cigarette et tire une bouffée.

— Vous m'imaginez en bas dans cet état ?

— En peignoir, ce serait du plus bel effet. Descendez ou je vous envoie la Dourthe !

— Ah non, mon Dieu, pas elle…

Il rit. Raymond a son âge et ne l'a pas. Un mystère de plus.

— Dès demain, vous allez vous remettre au travail. Vous verrez que tout ira mieux. Ça ne vous va pas du tout de ne faire que lézarder.

— J'ai le soleil au moins…

— Cessez de vous écouter parler. J'aurai très vite un deuxième cahier à vous confier. Vous pourrez vous venger sur mes verbes.

Je sens son haleine avinée. Je l'aime jusque-là.

— Prenez-moi dans vos bras, dis-je.

Il s'exécute. J'enfouis la tête dans son cou.

— Serrez ! Et taisez-vous. Laissez-moi profiter de vous.

Son front pèse sur mon crâne. L'ivresse. Il pourrait s'assoupir quand je me sens revivre.

Brusquement, il se détache de moi.

— Allez ! Je veux vous voir en bas !

Il saute vers la porte et déguerpit.

Une tristesse infinie s'abat de nouveau sur moi.

Mon ami.

Mon enfant.

Mon fils.

Mon plus beau ratage.

J'attrape ce cahier que j'avais acheté pour lui.
C'est ça, me dis-je : je voudrais écrire à même sa peau.

Je caresse la page ivoire.
Je cherche l'illusion de sa douceur.
En vain.

je n'ai pas besoin d'amour

Une Méhari blanche s'est arrêtée à ma hauteur. À son bord, une femme blonde d'une soixantaine d'années, lunettes de soleil à monture ronde et large.

— Vous êtes en panne ?

Aucune voiture n'avait ne serait-ce que *ralenti* depuis que j'étais planté là. Tout au plus quelques regards furtifs et indifférents. Il faut dire aussi que cette départementale n'était pas très fréquentée.

— J'attends le dépanneur depuis deux heures.

Elle a observé mon véhicule.

— C'est une location ?

J'ai acquiescé.

— Vous avez une idée de ce que ça peut être ?

— Je n'y connais rien. Je sais juste que j'ai atrocement soif. Et très envie de fumer…

— Vous alliez où ?

— Je rentrais sur Villars.

— Montez. Je suis à cinq minutes. Au moins vous pourrez vous rafraîchir en attendant. Et fumer.

Je me suis décollé de la portière, hésitant.

— Mais si le dépanneur se pointe ?

— Ils ont votre numéro, non ? Vous préférez cuire ici ?

Elle a lâché un rire franc, ce rire qu'elle ferait entendre si souvent les jours suivants et qui me la rendrait rapidement familière.

— Je vais laisser un mot, ai-je tranché.

— Voilà, et je vous redescendrai quand le type sera là.

J'ai griffonné quelques lignes sur le premier papier que j'ai trouvé, l'ai glissé sous l'essuie-glace, puis j'ai fait le tour de la Méhari et ouvert la portière, il fallait forcer un peu.

— C'est une antiquité, a-t-elle commenté.

— Mais elle roule, elle !

La femme a redémarré. Devant nous : une route étroite qui grimpait en serpentant dans la montagne. Elle négociait les virages serrés d'une main experte. Quelques mèches balayaient son profil. Sa grande taille l'obligeait à se tenir les genoux hauts et le crâne presque collé à la barre du toit.

J'ai tendu mon visage pour respirer l'extérieur.

— Vous aimez ?

— J'adore votre pampa. Vous habitez ici à l'année ?

— Oui.

Les rugissements du moteur nous obligeaient à porter la voix.

— Vous vous appelez comment ?

— Marthe. Et vous ?

— Alexis.

— Enchantée, Alexis.

— Enchanté aussi.

Elle a profité d'une grande ligne droite pour tourner le visage vers moi et m'adresser un sourire.

Un chemin de terre est apparu sur lequel elle s'est engagée. Des saillies pierreuses jonchaient l'étroite allée tout du long. Elle avait son tracé à elle et zigzaguait au gré de petits coups de volant secs. Ça tanguait dans l'habitacle.

Enfin, j'ai pu apercevoir la silhouette de la maison : une vieille bastide ceinturée de cyprès à l'arrière.

Elle a coupé le moteur.

— Nous y sommes.

Elle a saisi un panier de courses.

— Je vais vous le porter, ai-je proposé.

Elle m'a laissé faire et je l'ai suivie. Du jardin (qui n'était qu'herbes anarchiques au milieu d'une garrigue à perte de vue), on pouvait contempler le Colorado provençal à cent quatre-vingts degrés.

Nous avons pénétré dans la cuisine. Une odeur indéfinissable m'a saisi. La façon qu'ont certaines bâtisses de nous saluer.

— Vous ne fermez jamais quand vous partez ?

— À cause des chats. Comme ça, ils peuvent aller et venir. Ce sont eux qui font la loi dans une maison.

Je n'ai pris conscience de son accent qu'à cet instant-là (la manière qu'elle avait de faire certaines liaisons). Allemande ? Ou suisse ?

— Je peux me laver les mains ? J'ai fait l'apprenti sorcier dans le moteur…

Machinalement, elle a indiqué l'évier.

— Et je vous donne à boire.

J'ai commencé à me savonner. Dans un mouvement qui lui a presque échappé, elle a refermé le robinet.

— Pardon, c'est qu'il n'y a pas l'eau courante ici.

Je l'ai regardée sans comprendre.

— C'est un puits qui recueille l'eau de pluie. Alors je fais attention à la consommation.

— Ah, désolé...

— Vous ne pouviez pas savoir.

— Je me rince vite fait.

Elle a fouillé plusieurs tiroirs.

— Vous êtes fumeur et vous partez en vadrouille sans votre paquet ?

— Je fume rarement.

— Je suis presque sûre d'avoir un paquet pour les invités. Les voici.

Elle a disposé la carafe d'eau, les verres et les cigarettes sur un plateau.

— On va se mettre sous le grand chêne. Vous aurez la vue.

Nous sommes allés nous installer de part et d'autre d'une table en tek.

— Ce sont des figuiers là-bas ?

J'ai désigné trois arbustes maigres mais fièrement sortis de terre.

— Pour faire pousser quelque chose ici ! Sur la Côte d'Azur, j'avais un vrai potager. C'est une chose qui me manque. Ça et la mer.

— Vous y retournez ?

— Quand je cherche l'eau, je vais à la rivière du Toulourenc.

— C'est où ? Sait-on jamais : je finirai peut-être par récupérer une voiture !

— Il faut prendre la route de Lagarde et contourner le mont Ventoux. Vous pouvez marcher des heures dans les gorges. Oui, il faut voir ça. Vous êtes en vacances à Villars ?

Elle a croisé les bras et m'a fixé avec son aimable sourire, replaçant de temps en temps une mèche de cheveux derrière son oreille.

— Je suis en fuite... !

Elle a froncé les sourcils.

— J'ai toujours prétendu que j'adorais Paris en août, me suis-je expliqué, mais c'est faux.

— Et donc vous avez pris la tangente...

— Une petite maison sur la place principale, vous voyez ?

Elle a fait oui de la tête.

— Quand il n'y a pas de fête votive, c'est très calme. Presque trop.

— J'adore les fêtes votives ! s'est-elle animée. J'y vais toujours. Même seule.

— Vous jouez à la roulette ?

— Tout à fait ! Avec une bière. Et je regarde les gens danser.

— Moi, ça a tendance à me rendre triste...

Je me suis excusé d'un sourire.

— Vous ne vous sentez pas terriblement seule dans ces cas-là ? ai-je insisté. Bon, il faut dire que je ne danse pas.

— Mais moi non plus ! Je fais mon petit bain de foule.

Et quand je décide de rentrer, je me sens soulagée. Je retrouve mes pierres et mes chats. J'imagine les gens en train de s'exténuer, je suis contente pour eux et très bien chez moi.

Elle s'est remise à scruter mon visage comme cherchant à déchiffrer je ne sais quoi.

L'un des chats rôdait avec méfiance.

— Elle, c'est l'aînée. Bientôt dix-sept ans.

— Elle a encore de l'allure, je trouve.

C'était une chartreuse aux yeux fauves et dédaigneux.

— Elle va approcher ?

— Pas elle. C'est la plus sauvage. Vous faites quoi dans la vie, Alexis ?

— J'écrase où ma cigarette ?

Elle a cherché autour d'elle, a ramassé un bol dans lequel elle a versé un peu d'eau.

— J'écris des romans.

Elle a ouvert de grands yeux.

— Et je peux les trouver ?

— À la librairie d'Apt, je suppose…

— Je ne peux pas vivre sans livres. Vous en avez publié beaucoup ?

— Une dizaine.

— Ah, quand même. Mais vous avez quel âge ?

— Quarante-quatre. J'ai commencé jeune. Pour le premier, j'avais vingt-cinq ans.

— Peut-être que je vous ai déjà lu ? C'est quoi votre nom d'auteur ?

— Trividic.

— Alexis Trividic… Je vous chercherai la prochaine fois que j'irai en ville !

— C'est gentil.

Elle allait poser une question mais s'est ravisée.

— Oui ?

— Vous arrivez à en vivre ?

— J'ai eu tout un tas de petits boulots… Aujourd'hui, je suis correcteur pour des maisons d'édition. Dans l'ensemble, ça se passe plutôt bien.

— Et alors vous êtes venu avec un roman à écrire ? Je ne vous demande pas de quoi ça parle, même si j'en meurs d'envie !

J'ai contemplé encore une fois la vue. C'était à couper le souffle et, en même temps, totalement enveloppant, rien d'écrasant.

— Ça parle de moi. Ma vie. C'est la première fois. J'écris plutôt des fictions d'habitude.

— Alors ça vous paraît impudique tout d'un coup ?

— En fait, je ne sais pas si je me passionne tant que ça ! Au moins, quand je me lance dans un roman, je peux être quelqu'un d'autre. Enfin, pardon, ce n'est pas très intéressant.

— Si si ! La lectrice vous implore !

— C'est terrible de n'être que soi, vous ne trouvez pas ? On s'en étourdit sur les réseaux, mais en réalité c'est tout à fait emmerdant. Je préfère les personnages.

— Vous n'allez pas abandonner quand même ?

J'ai haussé les épaules.

— Le livre pourrait commencer par une panne de voiture, ai-je plaisanté.

Mon téléphone a sonné.

— Quand on parle du loup !

— Vous avez des loups ici ?

— Deux jeunes renards. Ils sont là tous les soirs cette année. Je vous les montrerai si vous revenez. Mais décrochez !

Le dépanneur cherchait la voiture et Marthe m'a proposé de lui expliquer. Je le lui ai passé.

— Nous serons là dans une petite dizaine de minutes, a-t-elle conclu.

Elle m'a rendu le portable.

— En route !

*

Elle a dit :

— Venez dîner un de ces soirs si vous tournez en rond. Je vous laisse mon numéro.

J'ai regardé la Méhari s'éloigner, puis le dépanneur s'activer dans le moteur. Il a évoqué une histoire de bougies, je crois. La voiture roulait de nouveau, c'était l'essentiel.

À peine rentré à Villars, j'ai trouvé un texto de Louise demandant des nouvelles. Quelques mots simples, aimables, délestés des accès de colère qu'elle n'avait pu réfréner ces derniers mois. Avec ce post-scriptum toutefois : « Je n'accepte toujours pas. Mais tu n'y peux rien. » J'ai remis ma réponse à plus tard. Que pouvais-je répondre à Louise qu'elle ne savait déjà ?

mar. 06/08/2019 19:48

Alexis Trividic <alex.trividic@gmail.com>

Des nouvelles

À florian.perso@orange.fr

Florian,

Pardon de ne pas t'avoir écrit avant. J'ai bien pensé à ta proposition de vous rejoindre, j'ai tergiversé des heures, remettant ma décision au lendemain, tes messages de relance m'ont touché et j'ai laissé filer le temps… Mettre en ordre le nouvel appartement m'a vidé. Si tu voyais ça : ce deux-pièces est sans âme, mais à un point ! Bon, c'est déjà pas mal d'avoir trouvé si vite. J'en ai donc fini avec les cartons (j'ai bien été obligé de croiser Louise le jour du déménagement, passons) et je ne suis pas mécontent d'avoir délivré Paul de son encombrant colocataire. Il aura été endurant jusqu'au bout, mais je ne pouvais pas lui imposer plus longtemps ma présence. Sept mois, c'est un héros. Tout ça pour te dire que je

suis finalement parti dans le Sud promener mes chutes d'humeur… Et, pour reprendre le fil de nos derniers échanges, je voulais te dire que je suis désormais à peu près certain que je n'écrirai pas ce livre. Je suis désolé de t'avoir mobilisé des heures à ce sujet, mais chaque fois que j'ouvre l'ordinateur, j'angoisse. Je ne me sens pas encore capable de raconter tout ça. Aurai-je d'ailleurs besoin d'en passer par là ? Je suis d'accord avec toi : l'histoire est singulière, même si la littérature scientifique regorge d'expériences de ce type. L'intérêt serait de raconter le calvaire de Louise et ça, je n'en ai pas la force. Cet ordinaire insupportable qu'il me faudrait ranimer en plan serré… Pour lors, j'ai besoin d'assistance et de faire la paix avec cet étranger en moi. L'écriture reviendra. Mais certainement pas par ce versant.
Voilà, cher éditeur, cher tout court. Je t'embrasse. Embrasse Sabine et les enfants pour moi. N'hésite pas à me donner des nouvelles. J'espère que l'océan vous comble.

Bien à toi.
A

Je n'ai pas beaucoup vadrouillé dans les jours qui ont suivi, me partageant entre la fraîcheur de ma petite baraque et la terrasse du Bar des amis sur la place du village. J'écumais les archives du *Monde*, spécialement l'année 2017 (maintenant que 2016 n'avait plus de secret pour moi).

Ce matin-là, c'est son parfum qui a dénoncé sa présence au-dessus de moi (fleurs blanches) : j'étais en terrasse devant un café et Marthe examinant ce que je lisais sur mon iPad.

— « Ceux qui voteront gris le 7 mai... » Votre livre commence finalement pendant la présidentielle ? Je suis très indiscrète ! Bonjour Monsieur l'écrivain.

— Bonjour Marthe. Que faites-vous à Villars ?

Elle a désigné la fougasse dans son panier.

— C'est ici qu'elle est la meilleure.

Elle portait une robe en lin grège qui éclairait sa peau brunie. Pieds nus dans des ballerines légères.

— Votre livre avance ?

Je lui ai adressé une moue peu concernée.

— Je vous attends ce soir. Un bon rôti à la sauge. Venez

vers dix-neuf heures. Qu'on profite de la lumière. Et prenez un pull : là-haut, la température tombe vite. Je vous promets les renards !

*

Avant de passer à table, Marthe m'a fait visiter le rez-de-chaussée de la maison : une vaste pièce occupée par une immense bibliothèque, un piano droit et quelques meubles rustiques. Des tableaux abstraits aux couleurs tranchées (« un ami peintre installé à Bonnieux »). Peu de photos : un couple de trentenaires avec enfants et le médaillon d'un homme d'une cinquantaine d'années, sans cadre, posé à même un alignement de volumes de la Pléiade.

— Foillard, ai-je lu sur l'étiquette de la bouteille quand nous fûmes installés sous le grand chêne. Je ne connaissais pas.

— Je ne bois que du morgon. C'est mon vice. J'espère que ça vous convient ?

— Parfaitement.

J'ai levé mon verre et nous avons trinqué.

— Marthe, comme je sais que vous allez me répondre par la négative, j'ose vous poser la question : vous n'avez pas peur toute seule ici ?

— Ça vous semble si terrifiant ?

— Non, ai-je menti. Et puis, quand on a cette vue…

— On ne s'en lasse pas, je vous le confirme. Mais on peut trouver le temps long. Pas moi.

Elle s'est interrompue un bref instant.

— Je vis seule, mais ça ne signifie pas *abandonnée.* J'ai des amis qui viennent me voir.

— Des enfants ?

— Une fille et deux petits-enfants. Ça, c'est en juillet. Les journées à cuisiner pour tout le monde, le joli brouhaha. C'est joyeux. Mais c'est bien aussi quand tout le monde repart.

Elle a ri.

— Je suis indigne !

— Et c'est charmant.

Elle s'est arrêtée sur cette remarque, mais sans me regarder.

— C'est une très belle saison de ma vie. Et ma dernière maison. C'est pourquoi je lui suis on ne peut plus fidèle.

— On dirait que vous parlez d'un homme…

— Y entendez-vous quelque chose à votre âge ? Qu'on puisse vivre une histoire aussi forte avec un lieu qu'avec un homme ou une femme ? Ajoutez-y mes livres, ma musique et mes chats. L'amour de cet endroit me laisse parfois seule, oui, mais toujours éprise.

— Mis à part mon île de Noirmoutier, mais c'est différent, c'est le lieu de l'enfance, je ne sais pas si j'ai déjà connu cette sorte de passion… Vous viviez où avant ?

— Je vous ressers de la viande ?

— Avec plaisir.

— J'étais généraliste à Menton.

— Et ça ne vous manque pas ?

— Pourquoi voudriez-vous que ça me manque ? J'ai fait

ce que j'avais à faire. Maintenant, j'appartiens totalement à ma montagne d'ivoire.

Tandis qu'elle me servait, j'ai remarqué une petite fossette sur sa joue gauche. Je m'étais déjà fait la réflexion qu'elle s'arrangeait toujours pour avoir une main à portée du visage, de ces gestes invisibles si l'on n'y prend pas garde, assurément intentionnel en l'occurrence : tout portait à croire qu'elle s'efforçait de dissimuler cette fossette unique, une asymétrie qui, peut-être, la gênait encore à soixante ans.

— Vous avez aimé votre métier ?

— Trop ! Enfin : ce sont mes patients que j'aimais. Mon assistante me faisait toujours des yeux noirs parce que les consultations s'éternisaient… Mais c'était tellement passionnant de faire parler ce petit monde. Toutes ces vies que j'ai vues défiler… Autant de romans, je vous assure ! Et puis, voilà, je me suis finalement décidée à prendre ma retraite. J'ai eu la chance de trouver mon successeur assez vite. Et j'ai décidé de m'installer ici.

— Vous aviez déjà la maison ?

— Je l'ai achetée il y a une trentaine d'années. On passait toutes les vacances scolaires ici, ma fille et moi.

J'ai perçu un frémissement à quelques mètres de là. Marthe a tendu le cou.

— Déjà ?

Un chat tigré est apparu.

— Je me disais bien : les renards ne viennent qu'à la nuit tombée. Celui-là est plus aimable que l'aînée. Je l'appelle Le Général.

— Vous en avez combien ?

— Trois.

Je me suis levé lentement. Le chat s'est taillé aussitôt.

— Vous êtes allé à la faute comme un débutant, Alexis. On n'approche pas un chat. Même moi. Il vient de lui-même, ou ne vient pas.

Le Général s'était carapaté mais il était encore tout près, dos tourné, regard braqué sur moi.

— S'il revient, tendez-lui simplement la main. Au ras du sol. Et ne bougez plus. S'il l'a décidé, il fera quelques pas et y frottera sa tête.

— En signe d'amitié ?

— Vous allez vite : signal qu'il vous tolère sur son territoire. Quelques phéromones disséminées : hache de guerre enterrée.

— Pas exactement l'amour !

— Disons un arrangement.

— Vous n'avez pas vécu avec le père de votre fille, je me trompe ?

Ma remarque abrupte l'a surprise. Puis elle a fait non de la tête.

— J'ai été… assez libre, disons. Le mariage, le couple… Ce n'était pas pour moi. Il a pu arriver à ma fille de me le reprocher d'ailleurs.

— Comment ça ?

— Cette indépendance.

Elle a soupiré.

— On fait avec ce qu'on est, n'est-ce pas ?

Elle a dit ça comme l'on referme une porte. Silence. Qui a duré. C'était la première fois entre Marthe et moi.

— Vous vivez avec quelqu'un, Alexis ?

J'ai bu une gorgée de vin.

— Je vivais avec quelqu'un. Et puis : plus.

— D'où la fuite ?

J'ai haussé les épaules.

— C'est plus compliqué…

— Oh, j'imagine. Pardonnez-moi.

Encore une gorgée de vin.

— En fait…

Marthe s'est rencognée dans son siège, attentive, la tête un peu penchée sur le côté. Je me suis demandé pourquoi j'avais envie de parler à cette femme, d'être en sa compagnie dans sa « montagne d'ivoire ».

— Fin juillet, l'an dernier, une voiture a percuté ma moto sur le passage du Gois. Vous connaissez ?

Elle a fait signe que non.

— C'est une route chez moi qui, à marée basse, permet de rejoindre l'île de Noirmoutier. Bref. J'ai été transporté au CHU de Nantes et je suis resté cinq jours dans le coma. Lorsque j'ai rouvert les yeux, on m'a raconté l'accident : traumatisme crânien, des côtes cassées et un bras fracturé. Je m'en sortais plutôt pas mal. Sauf que les choses se sont corsées. On m'a soumis à des tests cognitifs qui ont révélé une altération de ma mémoire : j'étais victime de ce qu'on appelle une « amnésie rétrograde ».

— Je vois…

Marthe nous a resservis. La bouteille était vide.

— J'en ai d'autres, a-t-elle cru bon de préciser (et je lui en ai su gré).

— Je savais très bien qui j'étais, je pouvais évoquer mes romans avec précision, je reconnaissais mes parents, mon frère, j'avais en tête tout mon passé. Excepté les deux années qui venaient de s'écouler.

Elle a acquiescé. Elle semblait en terrain connu.

— Mes derniers souvenirs remontaient à fin 2015. Passé cette période : plus rien. Ce qui explique que le jour de ma sortie des soins intensifs, quand on m'a emmené dans la chambre où j'allais rester hospitalisé quelque temps, on a dû me dire qui était cette femme qui accompagnait ma famille : elle s'appelait (et s'appelle toujours) Louise et je vivais avec elle depuis un peu moins d'un an dans un appartement à Bagnolet. On s'était rencontrés en septembre 2016. Autrement dit, notre histoire correspondait au laps de temps dont je n'avais plus la moindre trace.

Marthe a écarquillé les yeux. Et toujours une ou deux phalanges posées l'air de rien sur sa fossette.

— Alors, bien sûr, les médecins se sont longuement entretenus avec elle, ils ont tout fait pour tenter d'atténuer le choc. Mais comment rattraper le premier regard que je lui avais adressé en sortant de réa : celui d'un homme face à une parfaite inconnue.

— Je vais chercher une autre bouteille. Vous m'accompagnez ? Comme ça, vous continuez à me raconter.

J'ai enfilé mon pull. Et, tandis que nous effectuions notre petit aller-retour en quête de vin, j'ai poursuivi :

— Une fois rentré à Paris, j'ai suivi des séances de rééducation : en trois semaines, j'avais retrouvé toutes mes capacités de concentration et d'attention. Mes troubles sensoriels et moteurs avaient disparu. Mes côtes me faisaient mal, mais je suis plutôt dur à la douleur. Non, c'est un autre genre d'enfer qui a commencé…

— Avec Louise.

— C'était une aberration sans doute mais nous avons décidé de vivre « à nouveau » ensemble, dans un appartement que je n'ai bien évidemment pas reconnu lorsque j'en ai passé le seuil, mis à part mes meubles, des objets familiers et mes livres. J'ai dû littéralement apprendre à connaître la femme avec qui j'étais supposé *vivre*. Chaque soir, patiemment, elle me faisait le récit de sa vie : son enfance et son adolescence en Belgique, ses études de lettres à Paris, l'agrégation, ses différents postes en région parisienne, son père suicidé lorsqu'elle avait six ans, ses sœurs, sa psychanalyse, cet homme aussi dont elle avait partagé la vie pendant douze ans. Et puis, notre rencontre chez des amis communs. Notre vie quotidienne à Bagnolet, nos échappées entre Noirmoutier et la Corse, j'en passe, tous les soirs de nouveaux « épisodes ». Moi : blême. Et incapable de répondre à sa tendresse prudente. La vérité, c'est qu'elle était amoureuse de moi tandis que, de mon côté, cet amour n'avait jamais existé, elle ne m'était rien. À devenir dingue. On m'a mis sous antidépresseurs. Louise s'effondrait de plus en plus souvent, je ne pouvais pas la consoler, je m'excusais, elle disait que je n'y pouvais rien. Nous lisions des dizaines d'articles concernant les « amnésies rétrogrades » (c'était la seule circonstance où je nous sentais un tant soit peu *ensemble*) : il arrive que les souvenirs reviennent au bout de quelques mois ; Louise voulait y croire, elle guettait, je guettais. Quand elle rentrait du collège, elle posait sur moi un regard plein d'espoir, et puis elle s'apercevait que rien n'avait changé. Moi, je passais (et je passe encore) mes journées à explorer les archives des journaux pour savoir ce qui était arrivé en France et dans le monde durant mon «absence». Et je me sentais tellement loin d'elle, absent. Je vous dis tout, Marthe: les semaines ont passé et j'étais incapable de la toucher, parfois son corps venait se coller au mien pendant la nuit, je partais dormir dans le canapé, elle en pleurait. Au bout d'un moment, j'ai repris le travail pour apporter ma contribution à notre compte commun, parce que oui: nous avions un compte commun. Je suis encore saisi d'effroi à cette idée, à l'idée de tout à vrai dire, toute cette histoire… Finalement, le responsable de ma rééducation a admis qu'il y avait peu de chances pour que la mémoire de ces deux années perdues me revienne. Je consultais une psychothérapeute pour m'aider à affronter cette situation délirante. Louise n'abdiquait pas, elle ne pouvait pas puisqu'elle m'aimait. J'étais immensément fatigué et les mots, les pensées se sont faits de plus en plus nets et tranchés au fil des séances chez la psy, j'ai compris que je ne pouvais pas infliger ça plus longtemps à Louise, ni m'infliger ça à moi-même. Fin novembre, soit environ quatre mois après avoir *découvert* son existence puis pénétré comme pour la première fois dans l'appartement de Bagnolet, j'ai décidé de partir. J'ai trouvé un ami proche pour m'héberger et j'ai filé un après-midi pendant les cours de Louise, n'emportant que le strict nécessaire. Déménager, on verrait plus tard. Dans les mois qui ont suivi, elle m'a bombardé de textos, passant par tous les états : de la sidération à la furie, et inversement. Aujourd'hui, le ton a changé, même si elle ne peut pas se résoudre à rompre le lien. Et moi, là-dedans… inchangé. Je veux dire : sincèrement désolé, et amputé.

C'est là que je me suis aperçu de la présence des deux renards près de la table.

— Vous leur donnez à manger, comment ça se passe ?

Marthe a dû se ressaisir. Elle a avisé les deux jeunes bêtes.

— Des petits bouts de viande. Ils font trois pas en avant, cinq en arrière, mais ils ne boudent pas leur plaisir à la fin. C'est incroyable ce que vous me racontez, Alexis…

Je me suis penché avec précaution, comme appliquant les consignes de Marthe s'agissant des chats. L'un après l'autre, les renards se sont approchés, pattes en alerte, et ont saisi la viande que je leur tendais.

— Si je vous dis que ce sont mes premiers renards en vrai ?

— Ils sont crasseux et magnifiques. C'est donc cette histoire que vous comptez écrire ?

— Et que je n'écrirai sans doute pas.

Marthe m'observait dans l'attente d'une explication. J'ai continué à nourrir les deux affamés.

— Nous avons trop bu, Marthe. C'est bien.

— Je nous ai fait quelques frichtis, a-t-elle annoncé en me tendant le panier.

Marthe tenait à conduire :

— Vous profiterez mieux du paysage. C'est l'une des plus belles routes que je connaisse.

Le trajet durait une bonne heure. Une fois parvenus sur le plateau, on voyait rapidement apparaître le sommet pelé et comme enneigé du mont Ventoux. De part et d'autre : des champs de lavande, de petits villages juchés sur leur rocher. Plus loin, la départementale longeait la face nord, à flanc de montagne. Quelques rares habitations, jusqu'à cette route cabossée sur laquelle Marthe s'est engagée et qui descendait vers un parking encombré.

— Mon Dieu que le niveau a baissé…

En effet, l'endroit où nous avons débarqué tenait davantage de la plage de galets polis. Nous avons marché un moment, le lit du Toulourenc reprenait forme, et nous avons choisi un bout de rive à l'ombre pour déjeuner.

De nombreux promeneurs, bâtons en main, progressaient

au milieu du cours tranquille et translucide de la rivière, des familles pique-niquaient, des chiens se reniflaient, rappelés avec autorité par leurs maîtres.

J'ai aidé Marthe à étendre la grande fouta. Elle a disposé jambon blanc, œufs mimosa et tranches de saucisson.

— Les gorges sont un peu plus loin. Vous avez bien pris des baskets ? C'est trop difficile pieds nus. Et ça glisse.

— La rivière est profonde ?

— Il arrive qu'on en ait jusqu'à la taille.

Elle a saisi un œuf mimosa.

— Il vient d'où votre accent, Marthe ?

— De la Ruhr : Essen.

J'ai fait signe que je ne situais pas.

— Au-dessus de Cologne.

— Style Forêt-Noire ?

— Non, non. C'est une ville industrielle détruite pendant la guerre puis reconstruite.

— Et vous êtes arrivée en France… comme ça ?

— Pour faire mes études de médecine. Je rêvais de la France. Ou peut-être que j'avais un problème avec mon pays… ! Mais ça, c'est une autre histoire.

— Vous savez quoi ?

Elle m'a interrogé d'un regard rapide. Je me forçais à ne pas retourner invariablement vers cette fossette sur sa joue.

— Vous allez vous dire que les écrivains ont des idées tordues… Mais je crois bien que vous pourriez m'inspirer un personnage.

— Vous ne mangez rien, a-t-elle déploré légèrement.

J'ai goûté son saucisson aux cèpes.

— Qu'auriez-vous donc à raconter ?

— Simplement cette histoire que vous avez avec votre montagne. Je me disais ça, l'autre soir, en rentrant de chez vous : la littérature regorge d'histoires d'amour, plus rarement d'amitié, mais qui raconte la passion pour un lieu ?

— Les écrivains voyageurs, a-t-elle suggéré.

— Mais la passion sédentaire ? Raconter une journée dans votre vie…

— Jeanne Dielman au milieu de ses vieilles pierres !

— Je ne peux pas m'empêcher de me mettre à la place des gens. C'est mon vice. Vous, c'est le morgon. Moi, c'est la vie des autres.

Elle a fait un petit geste qui semblait signifier que, bien sûr, elle ne voyait rien de bizarre là-dedans. Pour autant, j'ai cru percevoir un trouble qui faisait imperceptiblement briller ses yeux.

*

Le niveau de la rivière avait beau avoir baissé, il s'agissait quand même à certains endroits de tenir les sacs à dos au-dessus de nos têtes. La température de l'eau était saisissante quand elle atteignait le ventre, et puis ça passait. Je marchais torse nu, les baskets gorgées et lourdes. Marthe arborait un haut de maillot de bain une pièce et un short. Plusieurs fois, mes yeux se posèrent sur la ligne de sa colonne vertébrale et les deux versants de peau brune qui convergeaient vers elle. Il arrivait que nous croisions des familles ou des groupes d'amis, certains progressant comme nous au milieu des gorges, d'autres attroupés aux abords des chutes et des bassins d'eau. Ici, des enfants se grimant d'argile trempée. Là, un petit chien flottant dans un bateau pneumatique.

— Vous n'allez pas le faire, n'est-ce pas ? a lancé Marthe.

— Quoi donc ?

— Ce personnage soi-disant inspiré de moi.

— Vous commencez à comprendre qu'il ne fait pas bon fréquenter un écrivain ? Mais qu'auriez-vous à craindre : je ne sais rien de vous.

Elle s'est retournée, goguenarde.

— C'est vrai.

— Du coup, vous n'allez plus rien me raconter, c'est ça ?

Les gorges s'élargissaient, laissant le soleil frapper la roche claire. J'ai fait quelques pas sur ma droite pour pouvoir continuer à avancer sous les rayons.

— Vous savez, je cherche surtout des prétextes. De quoi me déclencher. Après j'invente. Elle est plutôt là la traîtrise.

Nous avons marché en silence le reste de la journée, partageant d'un regard entendu la beauté de l'endroit et la paix inespérée qu'il procurait. L'angoisse, qui ne me lâchait plus depuis l'accident, s'était momentanément dissipée. À l'évidence, je le devais à Marthe. De même que cette sensation ancienne et élémentaire : je vivais là un instant précieux qui disparaîtrait aussi vite que vécu, englouti comme tout le reste. C'était ça aussi être vivant, j'avais failli l'oublier : non plus courir après deux années perdues, mais laisser les instants bienheureux nous traverser, et déjà nous échapper.

De ce jour, nous prîmes l'habitude de nous retrouver un jour sur deux, et je me mis à être joyeux. Je dirais presque : allègre comme je ne l'avais pas été depuis de longs mois. Je guettais ses textos : « Déjeuner ? » J'aimais aller au marché de Saint-Saturnin pour honorer chaque nouvelle invitation. « J'apporte l'entrée. » « Je prends des viandes à griller. » J'ai conservé tous ces messages. Succincts et univoques, ils n'ont qu'un même objet prosaïque : les rendez-vous et les courses. Rien qui suggère, ou alors vraiment en creux (si l'on prend garde à leur fréquence), le lien qui se tissait entre Marthe et moi.

Je lui offris quelques ouvrages de littérature contemporaine. Je voulais lui faire découvrir des auteurs de ma génération. Seule ombre au tableau : elle ne m'avait jamais reparlé de mes romans à moi. Je ne savais même pas si elle m'avait seulement lu. Je n'aimais pas y penser. Je veux dire : envisager qu'elle n'ait pas aimé l'un de mes livres.

Nous déjeunions sous le grand chêne. Certains jours, le mistral soufflait avec entêtement. Le reste du temps, il faisait une chaleur écrasante. Marthe ouvrait le grand parasol. Pour le café, elle s'extrayait de l'ombre et, les yeux clos, laissait chauffer son visage. Sa bouche esquissait un rictus de contentement qui dessinait un peu plus sa fossette.

— Le soleil est la chose que je préfère au monde, Alexis.

— Autant que le morgon ?

Toujours ce rire.

— Je ne pourrais pas vivre dans votre Vendée.

— Préjugé ! Là-haut aussi il arrive qu'on brûle.

Elle haussait les épaules, pas convaincue mais peu soucieuse d'argumenter.

Je restais une partie de l'après-midi avec elle. En somme, j'avais l'impression de vivre la moitié du temps chez une amie. Une amie que je vouvoyais. À qui je m'étais habitué à ne poser que des questions dont elle pouvait se sortir facilement. Car Marthe, sous ses dehors chaleureux, était comme ses chats : fuyante, sans qu'on pût imaginer qu'elle faisait pour autant des secrets. D'une pudeur rigoureuse, dirais-je. J'avais bien essayé d'en savoir un peu plus (son enfance en Allemagne, le père de sa fille, les autres hommes qu'elle avait sans doute connus…) ; elle s'arrangeait toujours pour donner l'impression de répondre et, sans que j'aie eu le temps de la voir bifurquer, elle me retournait une question et c'est moi qui me surprenais à raconter. Elle m'avait livré les grandes lignes de sa vie lors de nos premières conversations et n'irait pas plus loin.

Le rythme de mes visites s'accéléra encore du jour où je lui fis une remarque à propos de ses volets.

— Un peu défraîchis peut-être…

— Je peux m'en occuper si vous voulez. Je n'ai pas l'air comme ça, mais je suis assez manuel. On va louer une bonne ponceuse à Apt et je vous refais tout ça.

— Mais c'est un travail de titan !

Elle se mit à compter les volets de la façade.

— Non, ce n'est pas réaliste, Alexis.

Je tendis la paume de ma main pour qu'elle tope.

— Marché conclu, éludai-je. On va regarder ensemble la couleur qui vous plairait.

Ce fut un vert anis.

Installé près du grand chêne, je m'attelai à poncer. Au début, Marthe lambinait à côté de moi, l'air embêtée.

— Vaquez. Et dites-vous bien que je me vide la tête. C'est exactement ce qu'il me fallait en ce moment.

Si cette réfection me changeait effectivement les idées, je cherchais aussi bien sûr à passer le plus de temps possible chez elle. J'aimais être là, tout simplement, même quand elle lisait dans sa chambre ou s'occupait de son côté. Il y avait toujours la promesse qu'elle vienne m'apporter à boire et voir où j'en étais. Et puis venait l'heure où elle proclamait la journée de labeur terminée : « Morgon ! » Je restais dîner, cela va sans dire. Elle prévenait les chats :

— L'adopté dîne avec nous !

Régulièrement, des amis lui rendaient visite : le peintre de Bonnieux, une résidente des environs, ou encore le caviste qui lui livrait son fameux Foillard. Marthe tenait à me présenter comme « écrivain ». Il arrivait qu'on regardât avec une certaine circonspection le soi-disant artiste, pas bien costaud, qui s'échinait sur ses volets.

Un après-midi, l'un des deux tréteaux sur lesquels je travaillais céda. Le volet s'affaissa brutalement sur mon tibia. Marthe se précipita et m'examina.

— Je reviens.

Avec un calme professionnel, elle désinfecta la plaie et me fit un bandage.

— Vous avez mal ?

— Sur le coup, un peu. Mais là, ça va.

— Pas besoin de recoudre, mais je présume que vous n'avez jamais fait vos rappels contre le tétanos ?

— Il faut ?

— Je vais préparer une ordonnance et aller vous acheter un vaccin en ville. C'est important.

— Vous êtes sûre ? Ça n'a pas l'air bien méchant.

Elle désigna le volet.

— Oui, je suis sûre.

Quelques instants plus tard, la Méhari disparaissait sur le chemin dans une brume terreuse.

Sous le regard inquisiteur du Général, je gravis pour la première fois les marches de pierre menant au premier étage. J'arpentai le long couloir de tomettes mates qui desservait trois chambres, dont un « dortoir » pour les petits-enfants. Un vague malaise me saisit au moment de pénétrer dans la pièce de Marthe. Son parfum de fleurs blanches enveloppait tout. L'aînée des chats, qui se prélassait sur un fauteuil de velours, fila comme une flèche par la fenêtre entrouverte.

Contrairement à l'ensemble de la maison, meublée de façon spartiate, la chambre de Marthe était littéralement surchargée, comme si elle avait mis un point d'honneur à faire tenir ici toute sa vie d'avant. Une sorte de cocon constitué d'un lit haut recouvert d'un tissu de soie brillante, une armoire normande et deux commodes chapeautées d'une lourde plaque de marbre. Là : boîte à bijoux, deux cadres (fille, beau-fils, petits-enfants ; et un homme, mais pas le même que sur le médaillon de la bibliothèque)... Quelques livres reposaient sur la table de nuit : une édition ancienne de *La plaisanterie* de Kundera, le poche d'un Espagnol que je ne connaissais pas, Juan Marsé, et... mon dernier roman en date, *Le provincial*, manifestement lu si j'en croyais le dos strié de pliures. J'avais donc une partie de la réponse à ma question redoutée. Mais une partie seulement.

À son retour, Marthe me trouva de nouveau à la tâche. J'avais déniché une bâche dans le garage et installé le volet à même la table en tek.

— Vous me prêtez votre épaule ?

Elle frotta un coton imbibé d'alcool sur ma peau et enfonça la courte aiguille d'un coup sec. D'une rapide impulsion du pouce, elle m'inocula le vaccin.

— Vous penserez bien à faire un rappel dans six mois ?

— C'est toute une affaire, dites-moi. Merci beaucoup, Docteur.

— Je vous en prie. Allez, courage : plus qu'un petit quart d'heure et ce sera l'apéritif.

Et elle me fit un clin d'œil dont je me demandai sur le coup ce qu'il recouvrait, rien sans doute sinon cette complicité derrière laquelle j'aurais aimé, sans trop me l'avouer encore, qu'il y eût autre chose.

— Ça ne vous dérange pas si nous jouons ici ?

Comme je faisais signe que non, Marthe et Gabrielle s'installèrent à la table avec un Scrabble.

— Ce jeu existe encore ? m'étonnai-je.

— Ah, je sens ressurgir un mauvais souvenir d'enfance ! s'amusa Marthe.

— Vous voulez que je coupe la musique ?

— Certainement pas.

— C'est quoi ? demanda Gabrielle.

— Ólafur Arnalds. Islandais.

Gabrielle approuva dans le vide sans me quitter des yeux. J'étais tenté d'aller enfiler un t-shirt.

C'était la troisième fois de la semaine qu'elle rendait visite à Marthe. Elle devait avoir dans les trente-cinq ans. Biologiste dans un laboratoire d'Aix-en-Provence. Ses parents étaient propriétaires d'une villa plus bas. Autant Marthe les trouvait « rasants », autant Gabrielle lui plaisait. Quand je lui avais demandé pourquoi, Marthe avait vanté le tempérament de la jeune femme :

— Farouche, toujours à jeter autour d'elle des regards pleins d'appréhension, mais si directe quand elle se met à parler !

D'habitude, les deux amies se contentaient d'un café. Une partie de Scrabble allait leur prendre beaucoup plus de temps et je me sentais aussi contrarié que bien décidé à ne pas le montrer évidemment.

— Marthe m'a prêté votre dernier livre, déclara Gabrielle, les yeux rivés sur les lettres qu'elle venait de piocher.

J'adressai un regard un peu estomaqué à Marthe, mais seule Gabrielle l'intercepta.

— Je ne savais pas que Marthe l'avait, dis-je un peu trop sèchement.

— J'en suis à la moitié. Et j'ai très peur pour cette famille…

— Tu n'es pas au bout de tes peines, sourit Marthe.

— Non, ne me dis rien !

Où Marthe trouvait-elle le naturel pour évoquer ouvertement *Le provincial* devant moi alors qu'elle ne m'avait fait aucun retour ? Pour exagéré que cela puisse paraître, j'en étais blessé.

— WOK ! triompha-t-elle. 21 !

Gabrielle émit un petit sifflement de félicitations. Ses seins pointaient sous sa chemise.

J'en avais fini avec les deux volets de la porte-fenêtre du bas. Quatre autres devaient être secs à cette heure. Resterait à peindre ceux du premier étage.

— Vous nous abandonnez ? lança Marthe en me voyant retourner vers la maison.

— Je vais remettre les secs dans leurs gonds.

— Alexis ! me retint Gabrielle. Il n'y a plus de musique !

Je revins sur mes pas de mauvaise grâce.

— Vous aimeriez écouter quoi ?

— Faites-moi découvrir quelque chose !

Elle était tout sourire. Je ne pouvais pas dire le contraire : elle était séduisante avec sa chevelure broussailleuse, ses traits fins, presque émaciés, et ses grands yeux clairs. Je choisis un album de jazz qui ferait le job.

Une fois que j'eus réinstallé les volets, je n'invitai pas Marthe à venir voir le résultat, je rassemblai mes affaires, récupérai mon portable et pris la direction de ma voiture.

— Bonne partie ! me forçai-je.

— Comment ça : vous partez ?

Marthe s'était levée. Gabrielle, penchée sur le côté, m'observait d'un air contrit.

— Une idée de scène pour mon livre !

— Alors nous ne pouvons pas lutter…

Je leur fis un petit signe de la main et, m'installant au volant, je me dis : tu es pathétique.

Sur la route de Villars, j'accusai avec agacement ma susceptibilité de romancier narcissique et me promis de faire mes excuses le soir même par texto à Marthe. Puis je compris que je faisais fausse route, dans tous les sens du terme : j'étais parti dans la mauvaise direction, vers Apt, et je commençais tout juste à soupçonner les vraies raisons de ma misérable vexation.

*

Marthe m'appela sur les coups de dix-neuf heures. C'était la première fois que nous nous parlions autrement que par texto.

— Le résultat est magnifique, Alexis !

Je réussis à prendre sur moi.

— Je suis heureux que ça vous plaise.

— Quand je pense que vous n'êtes même pas là pour trinquer avec moi ! Vous êtes parti comme un voleur.

— Vous avez concédé vous-même que la concurrence était rude.

— Vous l'avez écrite cette scène au moins ?

— Oui, répondis-je du tac au tac.

Je n'avais rien écrit du tout bien sûr.

— Qu'est-ce qui vous a inspiré si soudainement ? relança-t-elle.

J'ouvris la porte et sortis sur la place. La terrasse du Bar des amis était bondée. On diffusait un match quelconque.

— Alexis ? Vous êtes toujours là ?

— Oui, oui. Je réfléchissais à votre question. C'est-à-dire que je ne comprends souvent d'où viennent les choses que bien après…

Je l'entendis boire une gorgée de vin.

— Il est bon ?

— Succulent. Celui-là vient de chez Lapierre. Je vous le ferai goûter demain. Pourquoi n'aimez-vous pas Gabrielle ?

Je soupirai et cela dut s'entendre.

— Je n'ai rien contre Gabrielle. D'ailleurs je ne la connais pas.

— Et moi, je commence à vous connaître un peu. Vos humeurs. Malgré tout, je me disais que c'était bien d'essayer…

— Essayer quoi ?

— Je tenais à vous la présenter. On ne sait jamais.

J'avais donc bien deviné.

— Marthe… Vous voulez me caser avec elle ?

Elle éclata de rire.

— C'est bon, j'ai compris : je n'irai pas très loin dans le conseil matrimonial. Mais vous avez tort. Elle est très finaude. Et vous lui avez tapé dans l'œil. Je vois ces choses-là.

— Alors si vous voyez ces choses-là, vous aurez remarqué…

— Qu'elle ne vous plaît pas, me coupa-t-elle. Je n'insisterai plus.

— Merci, ne pus-je m'empêcher.

— Pardon, Alexis. Je prends des libertés et… Je vous vois demain ?

— Bien sûr.

— Les chats ne comprennent pas pourquoi vous n'êtes pas là.

Je réussis enfin à sourire.

— Je vous embrasse.

Et elle raccrocha.

Le lendemain, Marthe proposa de m'emmener à Ménerbes. Je m'y laissai conduire sans préciser que j'y avais déjà flâné quelques jours avant que nous ne fassions connaissance. C'est un village fortifié posé sur une colline au milieu d'un quadrillage de vignes. Après m'avoir promené au hasard de ruelles pavées, montré la façade aveuglante d'une église jaune et nue, elle me fit marcher jusqu'au bout d'un rempart qui allait parallèle au bourg. Elle s'assit sur le muret et désigna les deux escaliers en arc de cercle qui se hissaient vers un petit château provençal serti à l'arrière d'arbres touffus.

— Je tenais à vous montrer ce castelet. Je me suis dit que vous le préféreriez à Gabrielle.

Elle me lança un regard malicieux.

— C'est votre rêve ? demandai-je.

— Le rêve d'un autre : Nicolas de Staël a vécu là.

Je contemplai la bâtisse au crépi ambre sur laquelle veillaient deux tourelles et une lourde porte close en bois. On devinait une cour d'herbes sèches derrière l'enceinte.

— Il ne supportait plus la lumière de Paris. René Char

lui a conseillé de venir en Provence. Il est arrivé avec femme et enfants. Il a peint deux cent cinquante tableaux ici, vous vous rendez compte ? Il est tombé amoureux aussi.

— Bam, encore un roman.

— Une certaine Jeanne. Mariée, mère de famille. Elle est devenue sa maîtresse, son modèle. Mais elle a toujours refusé de vivre cette histoire au grand jour et a interrompu l'idylle brutalement. Ça l'a rendu fou.

— Sa femme était au courant ?

Marthe a acquiescé.

— Staël a fini par aller trouver le mari, il lui a remis toutes les lettres que Jeanne lui avait écrites et il a dit : « Vous avez gagné. »

— Brillant.

— Et puis, il s'est jeté dans le vide.

J'adressai un regard stupéfait à Marthe.

— Il s'est tué pour elle ?

Elle haussa les épaules.

— On ne sait jamais précisément pourquoi les gens font ça.

— Il avait quel âge ?

— Votre âge.

— C'est délicieusement romantique…

— Je tiens tout ça d'Anne, sa fille. Elle m'a fait visiter le château une fois.

— C'est comment à l'intérieur ?

— Il a fait peindre chaque pièce d'une couleur bien spécifique : je me rappelle un rouge vermillon dans l'une des chambres, un vert presque noir dans une autre, et aussi ce superbe bleu de cæruleum… Avec des craquelures par endroits, comme réalisées au couteau de sa main… Les murs semblent de lui, quoi. Enfin, c'est ce que j'aime me raconter.

Elle eut un soupir de contentement.

— Aujourd'hui, je peux dire que c'est l'artiste que je mets au-dessus de tout.

— À ce point ?

— L'an dernier, je suis allée voir trois fois l'exposition à Aix ! Oui, j'en suis folle.

— Et cet homme vous plaît, je présume.

Elle retint un sourire.

— C'était un beau physique à la Maïakovski. Grand front, nez aquilin, long visage…

Je me mis à fureter sur mon portable. Marthe se pencha vers moi et un effluve de son parfum me parvint.

— Vous cherchez une photo de lui ?

— Non. De Jeanne.

Je ne trouvai rien. Juste des portraits de Françoise, la femme officielle.

— Tapez « Nicolas de Staël nus ».

J'égrenai les clichés. Marthe en désigna deux :

— Là, c'est Jeanne.

Il fallait cligner des yeux pour apercevoir quelque chose avec cette luminosité. Sur la première toile : une femme grise, jambes croisées, chevelure de jais et sans traits. Sur la seconde : un corps bleu couché sur un fond rouge sang, visage détourné.

— Pas si abstrait que ça, fis-je remarquer.

Marthe releva le front et tendit son visage vers le soleil. De mon côté je tapai « Nicolas de Staël Jeanne » et lus le premier article qui se présentait.

— Écoutez ça : « Nous ferons un long chemin ensemble Jeanne. Il est bon de sentir qu'on se fait mal. Nos peaux sont bien sensibles et le restent un peu trop peut-être mais nous n'y pouvons rien. Veux-tu dire tranquillement à ton mari que tu m'aimes et me verras toujours avant d'aller à Grasse. Tout s'arrangera malgré les murs imaginaires ou pas. Je t'aime. »

— Qu'en pense l'écrivain ?

— C'est beau, dis-je simplement.

— Vous comprenez mon culte ? rit-elle.

Au moment de remonter en voiture, Marthe prit un air embêté :

— Mon ami de Bonnieux vient dîner ce soir. Je crois que vous allez vous emmerder.

— Je peux très bien rester chez moi. Ne vous inquiétez pas. Merci pour la visite.

— Vous voyez : je vous connais bien maintenant.

— Vous êtes venu à bout de ses volets ?

Ni parfum de fleurs blanches, ni robe de lin légère en ce lendemain matin, mais Gabrielle en jean et t-shirt, cheveux bouclés et dispersés sur les épaules, qui m'avait débusqué à la terrasse du Bar des amis.

— Je peux ? interrogea-t-elle en désignant la chaise en face de moi.

J'acquiesçai. Elle commanda un café.

— Il ne m'en reste plus que deux. Et j'aurai fini.

— C'est formidable de faire ça. Après tout, vous la connaissez à peine.

J'hésitai à trouver cette remarque malvenue.

— J'ai terminé votre livre, annonça-t-elle. C'est autobiographique ?

À cette question, je réponds de façon on ne peut plus variable en fonction de qui me la pose.

— J'aimerais avoir tout à portée de la main, mais l'histoire de ma famille ne ferait pas un roman…

— Vous croyez ça ? Moi, je pense que toutes les familles feraient un roman.

Gabrielle me fixait avec une pointe de défi dans le regard. En dépit des airs qu'elle se donnait, elle manquait d'opacité, voilà ce que j'en pensais. J'ai toujours préféré le charme des détours, la légèreté allusive à cette franchise que vantait Marthe mais qui me semblait à moi séductrice et insistante.

— Les familles sont toutes tordues, non ? relança-t-elle.

— Mais plus ou moins inspirantes.

— Qu'est-ce que vous me conseilleriez de lire maintenant ?

— Difficile de répondre… Je ne connais pas vos goûts.

— Que peut aimer une laborantine ? Presque tout, je crois.

— Gabrielle, je peux vous poser une question ?

— Bien sûr.

— Marthe vous a-t-elle parlé de mon livre ?

Je savais très bien ce que je faisais. Mais c'était moins rude de la contrarier que de lui demander de foutre le camp. Elle mit plusieurs secondes avant de lâcher :

— Elle m'a parlé de la cruauté de votre personnage.

— Vous le trouvez cruel, vous aussi ?

— Je ne vous intéresse pas du tout, hein ?

— Je crois que je n'ai jamais trop su quoi faire des gens qui tiennent à dire tout ce qu'ils pensent. Je ne sais pas si ça sert vraiment à grand-chose.

Elle eut un sourire amer.

— Vous êtes pour l'hostilité feutrée…

— Je suis pour tout ce qui arrive. Et tranquille quant à tout ce qui n'arrivera pas. Bonne journée, Gabrielle.

J'alignai de quoi payer les cafés, saisis mon iPad et me levai.

*

— Vous êtes sans pitié !

Je quittai mon établi sous le grand chêne pour aider Marthe qui arrivait avec des sacs de courses.

— Elle est furieuse, ajouta-t-elle. Vous ressemblez assez à votre personnage en fin de compte !

Nous déballâmes les provisions au milieu de la cuisine.

— Les personnages ne viennent pas de nulle part, quoi que j'en dise…

— En tout état de cause, vous avez été salaud, Alexis.

J'aimais ce mot dans la bouche de Marthe.

— Alors on est presque au bout ? bifurqua-t-elle.

Je savais très bien qu'elle faisait allusion à la réfection des volets, mais je ne pouvais m'empêcher d'y entendre autre chose : je repartais à Paris le lendemain. Je ne le lui avais pas précisé et elle ne m'avait posé aucune question à ce sujet.

Affairés à ranger, nous n'étions pas obligés de nous regarder ; c'est sans doute ce qui m'autorisa cette fausse question en forme d'aveu :

— Vous ne l'avez pas aimé, ce livre.

— Je vous ai vexé ?

— Oui.

— J'aurais dû y penser. Maintenant que vous me le

dites, je trouve tout à fait logique qu'un écrivain s'attende à ce qu'on lui parle de son livre… Je l'ai aimé, Alexis. Seulement…

Je m'immobilisai.

— Seulement ?

— Votre famille a lu le livre, je présume ?

— Ma mère m'a dit : « Cette fois, je ne te demanderai pas où tu es allé chercher tout ça ! » Et elle a ri de bon cœur. Bon, je vous certifie qu'il y a tout de même une bonne dose de fiction là-dedans.

— Je vous crois. Mais quelle drôle de chose quand même…

— Quoi ?

— Avoir un fils qui écrit… Qui peut s'emparer de n'importe quoi, n'importe quand, et porter ça en place publique…

— Je me censure plus souvent que je ne passe à l'acte, croyez-moi. Avec tout ça, je ne sais toujours pas si vous avez aimé.

— Je l'ai dévoré, se défendit-elle. Mais je n'ai cessé de vous *chercher*. C'est la première fois que je lis un livre de cette façon, vous comprenez ?

— Il ne faudrait pas connaître les écrivains, dis-je contrit.

Et je quittai la cuisine, fatigué de devoir lutter contre l'envie de la prendre dans mes bras.

*

Comment dire à une femme qu'on connaît si peu qu'on n'a pas la moindre envie de partir et que rien ne nous attend à Paris ? Voilà ce qui me hanta toute la journée, puis pendant l'apéritif que nous prîmes devant les volets réinstallés et, enfin, durant le dîner. Marthe dut bien s'en apercevoir : plusieurs fois je répondis à côté ou laissai passer une question, totalement ailleurs, gâchant ces derniers moments. C'est si commun de ne pas savoir comment finir, de piétiner les conclusions comme un enfant contrarié.

Il était vingt-trois heures passées. La température chutait et Marthe proposa que nous nous installions au salon après avoir débarrassé. Nous nous retrouvâmes côte à côte sur le canapé. J'imagine que je pris un air exagérément grave :

— Marthe, je m'en vais demain.

Elle observa un silence. Puis :

— Vous allez me manquer.

— Je voulais vous dire…

Comme j'hésitais, elle m'encouragea d'un regard.

— Avec vous, j'ai réussi à ne pas penser à Louise jour et nuit. Ce n'est pas rien ce que vous avez *fait* pour moi.

— Vous avez des nouvelles d'elle ?

— Aucune. Preuve qu'elle a senti quelque chose.

— C'est de la pensée magique, ça.

— Pas du tout. C'est ce que je crois : tant que j'étais obsédé par elle, elle ne pouvait pas rendre les armes.

Marthe ne semblait pas convaincue.

Je l'embrassai.

Elle ne se détourna pas tout de suite, ses lèvres restèrent contre les miennes quelques secondes, puis je sentis sa main sur mon menton qui éloignait lentement mon visage du sien.

— Non, souffla-t-elle.

Il me fallut un bref moment pour réaliser. D'abord que j'avais embrassé Marthe. Ensuite qu'elle ne voulait pas de ce baiser.

— Ce n'est pas contre vous, Alexis.

— Alors c'est quoi ?

Elle dessina son sempiternel sourire.

— Je n'ai pas besoin d'amour.

Je ne pouvais pas lâcher son regard.

Elle prit une gorgée de vin. Je tendis la main. Elle me donna son verre et je bus dedans.

— Vous allez écrire ça ?

— Cessez de penser tout le temps à ce que je vais écrire.

Je fis rouler ma nuque sur le dossier du canapé. Un cafard prévisible montait dans ma poitrine. Je désignai le piano :

— Vous jouez souvent ?

— Je ne sais pas jouer… Mais j'aime bien sa présence. Je le fais accorder deux fois par an.

On aurait pu penser que rien n'était arrivé la minute d'avant.

— Pourquoi le faire accorder si vous ne le jouez pas ?

— Au cas où un ami en aurait envie.

Je me levai, fis quelques pas incertains, étourdi par l'alcool, et m'installai au clavier. J'entamai la *Pavane de la Belle au bois dormant.*

— Satie ? tenta-t-elle.

Je fis non de la tête.

C'était sombre.

C'était triste.

C'était achevé en deux minutes à peine.

— Ravel.

Marthe mima des applaudissements sans faire claquer ses mains. Je restai assis au piano.

— C'est terrifiant cette certitude sur l'amour, repris-je.

— Je comprends que vous pensiez ça.

— Qu'est-ce qui vous fait tenir alors ?

— On en a suffisamment parlé.

— Ici, tout ça… cette beauté… Mais ça ne sert à rien si c'est pour soi seul !

— Vous oubliez toujours l'amitié. Et mes enfants, mes petits-enfants.

— Ah oui, dis-je amèrement. À ce compte-là, pourquoi pas l'amour ? Même… une bribe ?

Mon élocution devenait approximative.

— Vous me flattez. Mais c'est fini, Alexis. Je suis si soulagée depuis que c'est derrière moi. Je n'ai jamais été plus malheureuse que lorsque j'étais amoureuse.

— Vous avez aimé les hommes ?

— Beaucoup. Jusqu'à leur entêtement blessant, leurs absences, leurs infidélités. J'étais comme eux, je crois. Je les comprenais. Et puis, un jour, je n'ai plus eu besoin d'eux. Enfin : de les aimer comme ça. Quelque chose en moi s'est refermé.

— Qui est-il ? lançai-je en me tournant vers le médaillon que j'avais repéré lors de ma deuxième visite.

— Alexis… Oui, il y a eu des péripéties, en effet. Et oui, ma solitude est peuplée de fantômes. Mais cessez de chercher l'homme auquel je n'aurais pas survécu. Celui-là était très gentil…

Elle contempla le petit portrait avec tendresse.

— Nous ne sommes pas dans le même temps, vous et moi, prononça-t-elle avec précaution. Ni même et surtout dans la même histoire. Vous cherchez à retrouver quelque chose que j'ai laissé derrière moi. Vous comprenez ?

— Mais on ne peut pas vivre comme ça !

J'avais haussé le ton sans le vouloir.

— Efforcez-vous d'imaginer, tenta-t-elle. Regardez-moi à partir de ce que vous n'êtes pas. C'est votre métier, non ? Peut-être que vous aussi vous connaîtrez cette tranquillité d'après l'amour.

Du fond de mon ivresse, je contemplai Marthe dont une petite lampe dessinait la silhouette à contre-jour, essayant de me figurer qu'aucune main ne l'avait touchée, caressée depuis… Depuis combien de temps ? Elle était belle. C'était insondable.

Je m'effondrai en larmes. Marthe se leva. S'approcha. Elle caressa ma nuque. Longtemps. Je ne parvenais pas à faire cesser les sanglots. Je mugissais comme une sorte de bête.

— Je parie que vous n'aviez pas pleuré une seule fois depuis l'accident, murmura-t-elle simplement.

Et elle avait raison.

Je me réveillai le lendemain sur le canapé sans plus de souvenirs de la veille. Marthe avait étendu une couverture sur moi. Un abat-jour irradiait une lueur floue. Ma tête cognait. Je me levai, allai sous le grand chêne et fixai le halo rougeoyant qui dessinait dans sa large auréole la crête de la vallée. Il faisait frais. Et il y avait un silence redoutable. Je ne savais plus rien ce matin-là. Je m'étais senti renaître ces derniers jours, mais, ce matin-là, non, je ne savais plus rien, je contemplais l'aube et c'était un vertige. De quelle nature, je ne saurais le dire. Tant de choses se mélangeaient : Louise, ma fuite, les lèvres et la fossette de Marthe, les larmes sanglées trop longtemps, et cette aube… Cette aube.

Je finis par rejoindre ma voiture de location. Je suppose que le bruit du moteur réveilla Marthe. Que pensa-t-elle en entendant le rugissement s'éloigner sur le chemin jusqu'à s'estomper totalement ? Quel silence alors ? Celui de sa vie retrouvée ? Rien de si triste finalement.

j'ai voulu revoir E-1027

J'ai voulu revoir E-1027 une dernière fois. Maintenant que Jean est mort et que la villa devient la propriété de sa sœur qui en fera Dieu sait quoi. Revoir l'abri où fut scellé notre amour, havre de longues heures alanguies entre les rayons brûlants et les nages dans la baie.

J'ai appelé la maison E-1027 et il ne m'aurait pas déplu que ce nom restât une énigme. Le temps l'a résolue. La sagacité des amis l'a percée à jour.

E pour Eileen, mon prénom.

10 pour Jean, dixième lettre de l'alphabet.

2 pour Badovici, son nom à lui.

7 pour Gray, le mien.

Lui et moi imbriqués jusque dans le béton, quand bien même il a rejoint la pierre d'une tombe à Monaco ce matin.

J'ai cessé d'y venir en 1933. Il y a vingt-trois ans déjà. Nous n'étions plus amants. Il me fallait une maison à moi que j'ai fait bâtir sur la route de Castellar. Bado, lui, a continué de passer ses mois d'été à E-1027 jusqu'à sa mort.

J'ai gardé les clefs.

Je déambule sur la terrasse du rez-de-chaussée qu'il appelait « la piste de danse ». Les bougainvilliers ont tout envahi, dérobant Monaco à la vue.

Le solarium fait grise mine. Autrefois, les carreaux étincelaient, bleu nuit, rouge sang. À présent, il en manque et certains sont brisés, laissant apparaître la chair ambre de la terre cuite.

Je gravis les marches qui mènent à l'étage principal. Les pilotis qui portent la maison semblent s'enfoncer dans le sol à mesure que je m'élève vers la coursive. Je retrouve l'alignement des panneaux pliables de la baie vitrée. Derrière la balustrade, le soleil crame en plongeant vers la ligne d'horizon. Sensation inchangée d'être sur le pont d'un navire arrivant au port.

C'était au mitan des années vingt. Bado voulait que je nous construise un « petit refuge », vœu que je jugeai tout d'abord inconsidéré. « Je ne suis qu'une désigneuse, mon amour. C'est toi l'architecte. Imagine-la pour nous, je la meublerai. » Je venais d'ouvrir la galerie Jean Désert à Paris ; j'y exposais mes meubles, mes tapis, mes laques, mais également des amis comme Chana Orloff ou Zadkine. « Tu es faite pour bâtir, Eileen ! Je t'aiderai à tracer les plans ! » Prononcé avec son accent roumain à couper au couteau. La chambre à coucher boudoir que j'avais présentée au Salon des artistes décorateurs de 1923 l'avait convaincu : selon lui, ma vision dépassait celle d'un simple ensemblier.

Je l'aimais. J'acceptai.

J'ai rencontré Badovici lors de l'inauguration de ma galerie. De ces soirées où l'on se doit d'être à tout le monde mais, d'un seul regard, j'ai su que je n'étais déjà plus qu'à lui seul. Il me parla de mes créations si élogieusement (mon paravent en briques laquées semblait l'émerveiller) que je compris qu'il parlait également de moi. Ses yeux d'oiseau vifs et perçants, sa mèche gominée en arrière du front, le petit col pointu de ses chemises blanches et ce français aussi élaboré que parsemé de fautes grossières et touchantes : j'ai tout aimé de mon Roumain. L'idylle dura dix ans. Souvent, du fond de ma solitude bienheureuse, je me dis : tu auras donc vécu ça au moins une fois, et qu'importe si c'était là l'unique, tu en es forte pour tout le restant de ton existence, once is enough.

Un « petit refuge » donc. Ce fut, pour l'autodidacte que j'étais, un temps d'études et de formation improvisées. Jean tenait une revue d'architecture dont j'épluchais chaque numéro. Il m'emmena plusieurs fois en Hollande et en Allemagne pour me montrer ce qui se faisait de plus novateur. Enfin, il m'envoya en observation sur des chantiers. Je passai des semaines à réaliser des maquettes. Bien sûr, mon amant eut de merveilleuses idées (comme l'escalier en spirale ou l'élévation sur pilotis). Inutile de chercher à savoir qui fit quoi : ce fut notre œuvre à tous les deux.

Je voulais la Côte d'Azur. Pas Saint-Tropez qui commençait déjà à changer. C'est à Roquebrune-Cap-Martin, entre Menton et Monaco, que je découvris un site accessible seulement par le sentier des douaniers, en contrebas de la voie ferrée : deux terrains de huit cents mètres carrés. D'un côté, les pins maritimes. De l'autre, planté dans la roche, comme le premier pilotis de la villa à venir, un somptueux cyprès. De quoi encastrer idéalement ma bâtisse à flanc de falaise, trente mètres au-dessus de la mer. J'acquis les parcelles en 1926, les fis mettre au nom de Bado et le chantier commença aussitôt.

Je ne souhaitais pas une maison immense mais elle hébergerait les amis et chacun devrait pouvoir y être indépendant (je tiens à ce qu'on puisse toujours se penser seul même quand on ne l'est pas). Elle serait rectangulaire et blanche, absolument immaculée, extérieur comme intérieur. Non pas luxueuse : je préférais le naturel d'un certain spartiate qui nous ramènerait invariablement vers le balcon filant et la Méditerranée. Les prototypes de mobilier dont j'allais l'équiper, encastrés ou nomades, seraient conçus pour accueillir le corps, jamais l'obliger. E-1027 serait aussi enveloppante que l'eau de mer sur les membres du nageur.

Je vécus à Roquebrune pratiquement en vase clos pendant tout le chantier (trois ans), partageant un sandwich le midi avec les ouvriers et m'octroyant une baignade en fin de journée. Je n'avais personne pour m'encourager (Bado était souvent fourré à l'étranger, occupé à sa revue ou en vacances à Piquey avec Le Corbusier) mais je ne manquais ni d'énergie ni d'ardeur à l'ouvrage. Quelques rares promeneurs venaient à passer. Il fallait voir leur stupeur. Les copies de mas provençaux pullulaient dans la région alors ils étaient heurtés par E-1027, étrange paquebot amarré à la roche. No matter. J'ai toujours su que la beauté est dure et n'est comprise que peu à peu.

La villa fut achevée en 1929. J'avais cinquante et un ans, Bado trente-six. Une vie de soleil, de bains de mer et de nuits chaudes commençait.

Dès notre installation, nous prîmes l'habitude de vivre nus les trois quarts du temps. L'isolement du site nous assurait l'abri des regards. J'entends encore Bado me dire : « Tu as voulu que notre maison soit sensuelle ; eh bien voilà : elle ne tolère aucun vêtement ! »

À E-1027, je dormais encore moins qu'ailleurs. Debout à six heures et demie, je n'aurais manqué pour rien au monde le lever du jour que je contemplais depuis la coursive, un bol de café brûlant à la main. Puis je partais nager mon kilomètre. Une fois rentrée, je réveillais Bado qui a toujours eu un sommeil d'adolescent. Merveille de silence, la chaleur qui grimpe, la journée sera divinement longue et, même plongés dans le livre le plus envoûtant qui soit, on se surprendra incessamment le nez en l'air, les yeux jamais rassasiés devant l'étendue turquoise. Bado passe derrière moi, aussi discret qu'un chat, baiser dans la nuque. Déjeuner, sieste, nage à deux, balayer sur la terrasse les fleurs déjà tombées des lauriers-roses, dessiner de nouveaux meubles, gommer, reprendre, tandis que Bado écrit ses articles pour la revue. Et l'amour là-dedans : n'importe quand, comme un doux caprice capable de tout interrompre. Blessed life.

Nous ne passions nos vêtements légers que pour partir faire les courses en train au marché de Menton et recevoir les amis. Où sont allées les journées d'amitié que nous avons connues ici au côté de Le Corbusier et d'Yvonne ? Fernand Léger débarquait d'Antibes, bientôt rejoint par Zervos. On s'affrontait respectueusement sur tous les sujets, noyant nos désaccords dans la mer et le vin. La bonne chère partagée, les histoires graveleuses qui me faisaient baisser les yeux mais rire quand même, et les potins de Paris… Divine décennie avec toi, cher Bado.

Je sais que tu n'as jamais tellement compris pourquoi je t'ai quitté et je ne m'en suis jamais vraiment expliquée. En réalité, je n'étais pas taillée pour l'amour ; je lui ai toujours préféré la passion. Mais la passion flambe et ne dure jamais. Le vertige tourne au confort, l'incertitude fébrile se fait douce confiance, et le feu ne brûle plus. Cher Bado, je t'ai quitté parce que entre nous, c'était devenu de l'amour. Ce n'était plus *que* de l'amour.

Finalement, nous ne nous serons pas déchirés. Rien ne t'était plus désagréable que le ressentiment. Quel trésor d'avoir pu te quitter tout en te gardant dans ma vie. J'aimais quand tu me rendais visite à Castellar. Je t'attendais en haut des marches, sous l'auvent de béton. Tu me prenais dans tes bras, comme avant. Mais nous n'étions plus les mêmes, et c'était très bien comme ça. Je veux croire que tu as vite fini de m'en vouloir, tu as réussi ça qui est si difficile.

Tu es devenu mon plus bel ami. Nous pouvons être fiers de nous.

Mais revenir ici ?

Non, je n'en étais pas capable.

Il aura fallu ta mort.

Le sentiment d'être ici seuls au monde n'est plus qu'un lointain souvenir : un Niçois est venu installer une gargote au-dessus de la villa et Le Corbusier a fait construire sa cabane et cinq unités de vacances. On nous surveille d'en haut, dirait-on.

Me dirigeant vers la porte d'entrée, je suis saisie d'effroi. Allais-je oublier qu'il me faudrait affronter ça ? Je découvre – pour la première fois en vrai – l'une des fresques criardes que Corbu a cru bon d'exécuter sur les murs après mon départ de la villa. Une femme à la peau d'orange, seins bringuebalants, me nargue. Bado, Bado… For God's sake ! Comment as-tu pu laisser faire ça ? Ma villa si blanche autrefois, barbouillée si grossièrement à présent…

C'était un soir d'avril 1938, d'après ce que tu as bien voulu m'avouer. Le Corbusier séjournait à la villa à ton invitation. « J'ai une furieuse envie de salir ces murs, Bado. » Étiez-vous ivres ? Toujours est-il que Corbu saccagea ma villa en improvisant ces fresques. C'est par voie de presse que je découvris son méfait. Il se vantait dans l'article d'avoir sauvé « les murs les plus désagréables de la maison ». Aucune légende ne mentionnait mon nom. Furieuse, tellement furieuse ! Depuis, il lui arrive d'affirmer qu'il a lui-même conçu E-1027. Tu as fini par comprendre que ton faux ami entendait prendre possession de notre paradis et avait décidé de m'effacer. Too late, honey… Il n'empêche, je n'en reviens toujours pas. Le Corbusier a été notre modèle, et notre ami. D'où a bien pu surgir ce monstre si misérablement mégalo ?

Vite, entrer et fuir cette horreur.

J'ouvre les rideaux le long de la baie vitrée. Le séjour est intact. Tu n'as rien changé pendant toutes ces années. Mes meubles, mes objets, ils sont tous là, mon Dieu. Mon siège Bibendum. Le fauteuil dit « anticonformiste » que j'avais spécialement conçu pour toi : affublé d'un seul accoudoir sur lequel reposer ton bras lorsque tu fumais, l'absence d'un second te permettant de croiser tes longues jambes sur le côté. Et cette table en métal chromé dont j'étais si fière : je l'avais recouverte de liège pour absorber le tintement des couverts et laisser le seul murmure du ressac accompagner nos repas. Inscrites au pochoir ici et là, mes ironiques suppliques : « Entrez lentement », « Défense de rire », « Sens interdit »…

Tout est là.

Et rien n'est plus.

Bado.

Tu avais raison : j'en étais capable. Comment ne serais-tu pas resté mon plus bel ami, toi qui fus le premier à croire en cette petite Irlandaise qui ouvrit timidement sa galerie sous un pseudonyme masculin, convaincue d'être si peu, et peut-être même rien parce qu'une femme ?

Je fouille les placards de la cuisine. Une bouteille de cognac, c'est tout à fait ce qu'il me faut. Tu as laissé un paquet de cigarettes. J'en allume une. Mon médecin m'interdit de fumer. Qu'il aille au diable. Je peux bien fumer le jour de ton enterrement tout de même.

Le phonographe Pathé est fidèle au poste, lui aussi. J'égrène les pochettes de disques, en extrais un vinyle. J'enclenche le bras et pose le saphir sur cette chanson que nous écoutions souvent. Cigarette au bec, cognac à la main, je me laisse glisser dans le fauteuil Transat.

Va-t'en j'te connais plus
Sors d'ici ou sans ça j'cogne
Retourne dans la rue
Va faire ta besogne

Les bouffées de tabac ajoutées au cognac m'étourdissent. Je ne sais pas si j'aime cette sensation ou si elle m'angoisse. Je n'ai plus l'habitude.

Devant moi, l'une des huit fresques infâmes de Corbu supposée te représenter à droite, moi à gauche, et une figure au milieu : l'enfant jamais né de notre amour. Bado, Bado ! Comment as-tu pu ?

— Eileen, tu es là ?

Tu rentres de la baignade, ruisselant, serviette autour du cou. Te voir surgir me serre le cœur.

— Mais qu'est-ce que tu bois ? t'étonnes-tu en avisant

mon fond de cognac. Alors que j'ai un moulin-à-vent exquis !

Tu attrapes une bouteille derrière le bar et tu nous sers deux verres.

— Regarde cette lumière !

Tu ouvres les battants de la baie vitrée. Le rougeoiement du crépuscule envahit le séjour et rosit les carreaux de grès blancs.

Tu tiens à trinquer. Je préfère ça à tous les hommages que j'ai entendus ce matin au cimetière.

— Qu'est-ce qui t'amène, ma douce ?

— Quelques comptes à solder…

— Tu as pensé quoi de l'enterrement ?

Je hausse les épaules.

— Je ne suis pas de celles qui aiment dire après coup : « C'était un bel enterrement. » Tu es mort. J'ai perdu mon amour une seconde fois. Et j'ai perdu un ami. So sad.

Je me lève, avance vers toi et passe une main dans tes cheveux humides.

— Tu avais si bien vieilli.

— Tu es gentille, sourit-il.

— Dire que ça ne sert plus à rien d'être gentille…

Je retrouve, sous ta fine moustache, cette incisive de travers qui, Dieu sait pourquoi, me touchait tant.

— Alors dis-moi, Eileen : comment va la vie ?

— Comme la vie d'une femme de soixante-dix-huit ans. J'ai de plus en plus de mal à y voir. Ce n'est pas très sérieux d'être venue en voiture, but you know me : j'aime tellement conduire. Et puis, je ne pouvais pas manquer à l'appel ce matin.

— Et cette nouvelle maison ?

— Je n'en vois pas le bout. Il faut faire venir les matériaux de Nice et de Toulon. Ce n'est pas pratique.

Tu m'adresses un regard attendri.

— Si j'avais su, en t'encourageant, qu'on ne t'arrêterait plus ! Tu fais mon admiration.

— Je la vendrai dès qu'elle sera terminée.

— Pourquoi si vite ?

— J'aime faire les choses, pas les posséder.

— Et moi qui comptais rédiger un testament pour te léguer E-1027 ! Je suis mort avant d'avoir pris le temps.

— C'est douloureux de revenir ici.

Tu me prends dans tes bras. Je respire ton cou de sel.

— Il ne faut jamais chercher le bonheur, murmuré-je. Il passe sur la route, mais toujours en sens inverse. Souvent, je l'ai reconnu.

— Veux-tu dire que tu as été heureuse ici avec moi ?

Pas pleurer, surtout pas, ce ne serait pas *nous*.

— Quand nous aurons fini ce verre, tu vas me donner un coup de main, dis-je.

— Pour ?

— J'ai quelques litres de peinture dans le coffre de la MG.

Tes yeux plissés qui me scrutent.

— De la peinture blanche, c'est ça ?

— Indeed. Nous allons faire disparaître les horreurs de Corbu.

Je finis mon verre d'une traite.

— Il faudra au moins deux couches…

— Il les aura. Trust me.

Je te tends la main et t'entraîne sur le balcon.

— Tu as bien fait de revenir, Jean. Je t'en veux terriblement pour cette histoire de fresques. Et il n'y a rien de pire que d'en vouloir à un mort. Quand E-1027 sera redevenue elle-même, je serai en paix et je repartirai.

Je m'apprête à foncer vers la voiture mais tu me retiens.

— C'est entendu, Eileen. Demain, tout sera blanc. Mais avant que nous nous y mettions, j'ai quelque chose à te montrer.

Tu t'engages sur le sentier escarpé qui descend vers la mer.

— Quoi ?

— Ma dernière création !

En bas, je découvre, amarré près des rochers, un petit canot blanc que les vaguelettes font tanguer.

— Il est insubmersible. J'ai même déposé un brevet. Sais-tu comment je l'ai appelé ?

Il y a bien une inscription sur le flanc du bateau mais je ne vois rien d'ici.

— Tell me !

— E7, ma chérie. E pour Eileen. Et 7 pour Gray.

je m'inquiète pour chopin

Lorsque je lui annonçai que Ludo venait passer le week-end à la maison, mon fils sembla consterné :

— Mais quand est-ce que vous vous déciderez à tirer la leçon, tous les deux ?

Je demandai : quelle leçon.

— Ça ne marche pas entre vous. Ça n'a jamais marché, papa. Le pire, c'est qu'à chaque fois que je t'en parle, tu me donnes raison. Et tu t'embarques pour tout un week-end ?!

Je rappelai à Clément que depuis la mort de ses grands-parents et la vente de la maison de Saint-Clair, nous avions d'autant moins d'occasions de nous croiser. Et puis, quoi : Ludo ne m'avait jamais rendu visite depuis mon emménagement dans les Landes en dépit de mes invitations répétées.

— S'il n'est jamais venu, c'est qu'il n'en a pas envie, point.

— Sauf que là, il a dit oui !

— Je te connais, tu vas m'appeler dimanche soir pour me dire qu'il a été irascible et que, décidément, il te déteste.

— C'est un fait : il me déteste. Mais ça reste mon frère.

— Sauf que tu ne vas pas pouvoir t'empêcher de te le payer. Sans compter que vous allez picoler.

Je promis de faire un effort.

— J'ai déjà vécu cette scène…

— Tout ira bien, le rassurai-je. Je vais le balader, on fera le marché, j'ai quelques amis du coin à lui présenter.

— Arrête : tu ne l'assumes pas, tu n'oseras jamais le présenter !

— Comment ça *je ne l'assume pas* ?

Le coup de fil aurait pu s'éterniser (mon fils ne désarme jamais), mais Clément avait un partiel alors nous raccrochâmes.

Il avait réussi à me déstabiliser, ce con. Qu'est-ce qui avait bien pu merder à ce point entre Ludo et moi ? Rien que de poser la question, je me sentais découragé. Un état de fait, voilà : nos parents avaient eu deux enfants ; en l'absence d'affinités et de choix, ces deux enfants avaient dû cohabiter vaille que vaille, s'affrontant régulièrement, c'est monnaie courante, non ? Par la suite, les choses ne s'étaient pas vraiment arrangées entre le statisticien à la vie bien rangée (Ludo) et le traducteur partagé entre son labeur solitaire et ses voyages un peu chics à New York (moi donc). Nous n'étions d'accord sur rien, chacun ayant ses raisons et deux existences si dissemblables, bon, bon. Curieusement, nous avions réussi à régler sans heurt la succession de nos parents, peut-être parce que nous redoutions particulièrement cette étape réputée à haut risque pour les fratries. Ah, la succession (je le tenais mon argument) ! Un autre genre de leçon à tirer, me dis-je comme m'adressant encore à mon fils : pourquoi serions-nous forcément irrécupérables ? À compter que chacun fasse un effort et ait à cœur de se montrer conciliant (ce qui paraît bien peu naturel, je le concède, mais ne tient pas non plus de l'impossible), pourquoi ne pourrions-nous pas passer deux jours et demi ensemble et (j'allai jusque-là) enterrer enfin la hache de guerre ? Allez, je vieillissais et j'avais obscurément envie de voir mon frère, pas plus compliqué que ça, me dis-je encore dans l'espoir de mettre définitivement à terre le doute que Clément venait d'instiller en moi.

Et c'est ainsi que je me rendis le vendredi suivant, par une belle journée de mai, en gare de Dax pour récupérer mon frère.

*

Il était tout sourire en descendant du train. Et il avait maigri. Lui qui n'avait jamais dû faire attention à rien, filiforme quoique pas très sportif : Sonia avait dû le foutre au régime, ou était-ce sa coquetterie légendaire qui l'y avait incité, l'âge venant ? Bravo, petit frère, pensai-je en l'étreignant sur le quai. Ça lui allait naturellement très bien (on rêve tous d'éradiquer ce début de ventre). Le cou quand même… Oui, je ne pus m'empêcher de noter ça au beau milieu du tableau joyeusement rajeuni : l'âge ne trompe pas aux plis du cou. Mais chut. J'étais bien décidé à éviter tout sujet de vexation ou de discorde, et je n'avais qu'une idée en tête : lui présenter ma petite basque et l'emmener sur la plage océane.

Les choses ne tardèrent pourtant pas à frotter. Après quelques minutes d'une conversation à bâtons rompus, Ludo prononça une phrase qui m'arrêta net et qui commençait par : « Ma cardiologue ». Je laissai échapper un rire bref que je crus pouvoir faire passer pour un signe de bonne humeur mais qui n'était rien de moins que mon mauvais esprit qui revenait au galop.

— Ben quoi ?

Ce ton qui se raidit au quart de tour : mon frère.

— Tu entends ce que tu viens de dire ? m'efforçai-je de souligner avec bonhomie. Tu as dit : « Ma cardiologue ».

— Qu'est-ce que tu veux : je suis voué à la voir deux fois par an dorénavant. Tu dirais les choses autrement ?

Sa voix était grave. Pas une once d'humour là-dedans. J'aurais dû rétropédaler. Je n'ai jamais su faire.

— Toi, Ludovic Massard, cinquante ans et des brouettes, tu *as* une cardiologue ?

Ou est-ce ma tendresse qui est montée à l'envers, je ne sais pas.

— Si tu me laissais seulement raconter.

Rappelle-toi tes bonnes résolutions, me dis-je, regard braqué sur cette route de campagne magnifique qui semblait laisser mon frère parfaitement indifférent, soit dit en passant.

Ludo venait donc d'être diagnostiqué « hypertendu ».

— Tu n'avais pas assez de tes trucs aux épaules ? tentai-je de plaisanter.

— Des « calcifications ». Je t'y verrais bien, grimaçant de douleur tout ça parce que tu viens de faire un coup droit !

Je savais que mon frère se soumettait désormais tous les ans à un « check-up ». Ça nous avait déjà valu une bonne engueulade.

— Tu te crois immortel mais, à nos âges, on rentre en zone grise ! avait-il proclamé solennellement un soir.

Et le dîner était parti en sucette.

Je savais, disais-je, que Ludo prenait désormais rendez-vous tous les ans chez un médecin « spécialisé » qui, après lui avoir pris la tension et prescrit une « numération » (une prise de sang, quoi), lui en foutait pour trois cents euros de préparations et de compléments alimentaires qui, prétendait-il, boostaient son système immunitaire. Et c'est ce même médecin (allais-je apprendre dans la voiture) qui, constatant une tension trop haute deux années de suite, venait de l'envoyer faire un « holter tensionnel ». L'examen consistait à garder pendant quarante-huit heures un engin vissé au bras qui, dans un vrombissement entêtant, se déclenchait toutes les trois minutes, jour et nuit, avant de rendre son sacro-saint verdict (Ludo racontait tout ça d'une voix un peu dramatique, c'était embarrassant).

— Et donc ?

— Hypertension diurne.

— C'est-à-dire ?

— C'est-à-dire : rien la nuit. Et, sitôt que je me lève, je monte direct à 18.

— Il faut être à combien ?

— L'OMS préconise 12-8.

L'OMS venait donc de s'inviter dans l'habitacle. Un virage, quoi qu'on en dise.

— Et ?

— Il y a des traitements, conclut-il avec soulagement.

— Tu devrais peut-être commencer par arrêter le café, non ?

Ludo se mit à me parler comme à un enfant qui vient de sortir une connerie confondante :

— Ce n'est pas parce qu'on est *stressé* qu'on est *hypertendu*. L'hypertension artérielle ne se *ressent* pas. C'est bien pour ça que pas de mal de gens ne sont jamais diagnostiqués et font un AVC à cinquante ans.

Qu'on me comprenne bien : je n'avais rien contre le traitement qu'allait recevoir Ludo. Disons seulement que l'OMS ajoutée à l'AVC prochain, ça commençait à faire beaucoup. Mon frère craignait donc de s'écrouler en pleine rue sous l'effet d'une artère devenue folle ?! Je connaissais l'homme susceptible, son premier degré lamentable, mais pas cette chiffe molle ! Si encore Ludo vivait seul, j'aurais compris. Car c'est souvent le propre des hommes seuls : personne pour les arrêter lorsqu'ils vrillent et impossible pour les proches de rattraper le coup après des semaines d'autosuggestion. Mais ce n'était pas du tout son cas. Que foutait Sonia ? Cette conne. Redescends, Sam.

Pour la première fois, Ludo parut s'apercevoir que nous roulions dans une région qu'il ne connaissait pas. Il se voûta un peu pour apercevoir la cime des pins.

Après une petite minute meublée par Ethel Merman qui chantait sur France Musique *Love is the reason you were born*, il se mit à sourire, songeur. Je l'interrogeai du menton.

— Non rien... Je réentends juste ma cardiologue le jour des résultats : « Ne faites pas cette tête, Monsieur Massard. On sait très bien soigner ce que vous avez. Une petite pilule à prendre tous les matins, c'est au-dessus de vos forces ? » Je l'ai googlisée : colloques à longueur d'année. Une sommité.

Je contemplai les traits satisfaits de mon frère. Il semblait trouver dans tout ça une jouissance réelle.

— Alors tout est bien qui finit bien, fus-je seulement capable de dire.

Pour une fois, j'étais parvenu à retenir les chiens mais il y avait néanmoins tout un programme dans cette conclusion de rien que Ludo n'entendit probablement pas. Je voulais pourtant signifier par là : jure-moi qu'on va passer à autre chose, petit frère ; jure-moi que ta santé ne va pas devenir un sujet entre nous, un sujet *tout court.*

Nous arrivions à Vielle-Saint-Girons.

*

— Sympa les palmiers. Tu as combien de terrain ?

— Mille cinq cents mètres carrés.

Ludo souhaitait faire le tour du propriétaire avant de visiter l'intérieur.

— Quand j'ai acheté, c'était la jungle. J'ai fait appel à un type qui m'a tout débroussaillé.

Son téléphone signala l'arrivée d'un texto.

— Je dis juste à Sonia que je suis bien arrivé...

Il tapota son message, l'envoya.

— Je m'étais imaginé la maison plus petite, me revint-il.

— Tu peux laisser ton sac, personne ne va te le piquer.

Il l'abandonna sur la pelouse.

— Au téléphone, tu m'as dit « petite basque ».

— Ça date de la période où je cherchais. Je disais aux agences « petite basque ».

— Tu as bien fait de venir par ici. J'imagine que c'est moins cher que sur le bassin. Ç'aurait été absurde de mettre ton fric dans une bicoque hors de prix.

— Et toi ?

— Moi ?

— Tu comptes faire quoi de l'argent de Saint-Clair ?

Son visage s'assombrit. Manifestement ma question menaçait de lui foutre le cafard. Mon frère a très vite le cafard. C'est une chose que j'aime bien chez lui, je me dois d'en faire mention. Je m'accroche à l'idée que, même chiant au possible, un homme si mélancolique ne peut pas être totalement inintéressant.

— Je sais que la vente de la maison a été plus compliquée pour toi que pour moi, concédai-je.

Il sembla peser le pour et le contre.

— C'est toi qui avais raison, finit-il par dire. J'ai eu du mal à l'entendre à l'époque mais Saint-Clair, ça restera toujours papa et maman. Mieux vaut s'inventer un lieu à soi.

— Tu as une idée ?

— Sonia a des idées. Enfin : Sonia a des idées de *voyage*. Toi, tu n'as jamais tellement aimé voyager, à part pour aller voir tes auteurs…

— J'ai aimé vadrouiller en France dans l'espoir de trouver mon lieu à moi, comme tu dis.

— Et pendant ce temps-là, je suis devenu un vrai Parisien sans m'en rendre compte…

— Moi aussi, j'ai été parisien, tu sais. Au moins les quinze premières années. Passionnément. Ensuite je suis redevenu provincial. La mer me manquait trop.

C'était doux, aucun des deux frères pour tenir tête à l'autre (c'est donc possible, me félicitai-je, et j'eus une pensée revancharde pour mon fils).

— Tu as soif ?

Il avisa l'heure sur son portable.

— J'ai envie de mon apéro, oui ! Dix-huit heures trente, c'est correct.

— Je t'ai pris du Martini. Et on ira voir la mer avant la nuit.

— C'est loin ?

— Sept minutes en voiture.

J'aperçus alors la silhouette voûtée de Benoit à la grille.

— Ah, mon voisin. Viens, je vais te présenter.

Ludo reprit son sac au passage.

— Ça va, Benoit ? Tiens, je te présente mon frère Ludovic.

Le vieux lui serra la main vite fait.

— Je m'inquiète pour Chopin, marmonna-t-il le souffle court.

Benoit a toujours le souffle court, un ancien gros fumeur.

— Il a disparu depuis hier soir. Il fait jamais ça.

— Le chat de Benoit, expliquai-je à mon frère.

— Tu l'aurais pas vu, toi ? Comme je sais qu'il traîne souvent dans ton jardin…

Je fis non de la tête.

— Il est parti draguer, tentai-je.

— Ben non, il est coupé.

Je lui adressai une moue compatissante. Cet angora replet a pris une importance capitale dans la vie de mon voisin, célibataire comme moi, je veux dire : veuf (quand céderai-je à la tentation de l'animal domestique ?). N'était la présence de Ludo, je lui aurais volontiers proposé un verre. J'ai tout de suite apprécié ce type quand je suis arrivé dans le village. Il a fait sa carrière chez DRT, l'usine du coin qui travaille la résine de pin. Depuis qu'il est à la retraite, il concocte toutes sortes de liqueurs qu'il me fait goûter tandis que je l'approvisionne en bouquins. Benoit a découvert la lecture à la mort de sa femme. Il n'aime que les polars et « Faites entrer l'accusé » à la télé. Les histoires macabres le mettent en joie. Enfin, ce jour-là, il était plutôt déconfit.

— Je te promets que si je le vois, je le chope par la peau du cou.

— Il fait jamais ça, répéta-t-il.

— Allez, il va revenir, t'inquiète pas.

Ludo m'implorait du regard : un Martini ! Je n'en avais pas moins envie que lui.

*

La route sinueuse qui conduisait à Saint-Girons Plage était parmi les plus belles, coupant à travers la forêt. La lumière du ciel se teintait de rose et mon frère, légèrement engourdi par son apéritif, garda le silence pendant le court trajet, préférant regarder autour de lui.

Lorsqu'à l'entrée de Saint-Girons, il aperçut l'immense camping, Ludo comprit que je ne l'emmenais pas dans quelque Arcachon comme il s'y serait attendu.

— Assez populaire, confirmai-je en lui ôtant les mots de la bouche. Et beaucoup de surfeurs.

Je me garai sur l'immense parking et nous empruntâmes l'unique rue commerçante.

Aux abords de la plage, il fit de grands yeux. Je n'avais pas eu d'autre réaction quand j'avais découvert cet ensemble de maisons posées à même la dune et surplombant l'océan.

— Et pourquoi tu n'as pas acheté ici ? C'est canon !

— Là, il commence à y avoir un peu de monde, mais imagine l'hiver… Tu ne trouves pas plus de cinq habitants à l'année. Quitter Paris d'accord, mais il y a des limites.

— Oui, bien sûr.

J'avais vérifié qu'on serait bien à marée basse vers vingt heures. Le spectacle n'en était que plus époustouflant.

— Pas nos petites bandes de sable de Saint-Clair, hein !

— Tu te baignes là-dedans ? interrogea-t-il en désignant les rouleaux.

— Je fais gaffe aux courants de baïnes.

De gauche et de droite, l'infini de la côte fichait le vertige. Je regardais mon frère contempler tout ça.

— C'est dingue, dis-je en scrutant son visage.

— Dingue quoi ?

— Tu n'as presque plus de poches sous les yeux… Ça ne

te gêne pas que je parle de ça ? Tu as toujours été LE grand cerné de la famille. Et là, plus rien !

— Je peux t'expliquer mais tu vas encore te foutre de ma gueule.

— Dis toujours.

— C'est le régime.

— C'est le régime ?

— Oui, Sonia m'a mis au régime.

— Ah, feignis-je.

— Les poches, c'était tout simplement de la rétention d'eau. Le programme de la diététicienne agit sur la rétention d'eau.

Étions-nous voués à retomber systématiquement sur la petite santé et la nouvelle hygiène de vie de mon frère ? Moi qui souhaitais simplement lui faire plaisir…

— Et les amours ? lança-t-il.

On s'adresse toujours aux célibataires avec ce pluriel, songeai-je. Pourquoi pas : « Et l'amour » ?

— Pas grand-chose. Mais ça me va.

— C'est étrange que tu n'aies eu personne après Marianne. Je veux dire : quelqu'un un peu longtemps…

— Vivre avec une femme m'encombre, Ludo. Je préfère être seul.

Il m'adressa un regard décontenancé.

— Je sais : très peu de personnes peuvent comprendre ce que je dis là.

Je le vis mâcher une question, sourcils froncés.

— Mais sexuellement ?

— Sexuellement ?

— Je veux dire : tu fais comment ?

— Comme tous les gens seuls !

Il hésita.

— Tu te branles ?

— Je me branle.

— À ton âge ?

— C'est quoi ce *à ton âge* ? m'agitai-je brusquement. Tu trouverais plus normal que je bougonne à côté d'une femme avec qui je ne baise plus ?

— Tu penses qu'on ne baise plus, Sonia et moi ?

— Je n'ai jamais dit ça.

— Nous baisons toujours.

— Bien. Très bien.

— Mais tu n'as jamais envie d'étreindre une femme, bon Dieu ?

— Ne te fais pas de souci pour moi.

— Je ne me fais pas de souci pour toi. C'est juste que ça me ferait plaisir qu'il t'arrive quelque chose. Depuis le temps.

— Franchement, Ludo : pas la peine de vouloir leur bien à la place des gens.

— Les gens, les gens : mon frère !

Ludo m'avait pourtant toujours connu ainsi : tôt divorcé, fou de mon fils mais solitaire, aux histoires passagères et volatiles. Il ne s'habituait pas, comme beaucoup. Les gens veulent absolument voir dans le célibat une calamité là où j'y vois davantage une nature qui ne constitue en rien un destin si tragique, me semble-t-il.

— Et puis, je m'entends très bien avec moi-même, tu sais !

— Je serais incapable de vivre seul, murmura-t-il. Je n'ai jamais pu. Et vieillir seul, tu penses à ça ?

— J'ai Clément. Et pas mal d'amis.

On s'en sort très bien, constatai-je de nouveau. Quelques furtifs mouvements d'humeur n'empêchent pas une conversation normale, à supposer qu'on ait envie que tout se passe bien.

— Tu sais que tu m'as fait peur tout à l'heure avec ton histoire d'hypertension ?

Il prit un air rassurant :

— Je te dis que ça se soigne très bien.

— Non, je te parle d'autre chose.

— De quoi ?

— Eh bien, cette façon… si sérieuse d'en parler.

— C'est une chose à prendre au sérieux, effectivement.

— Je sais bien mais… la cardiologue, plus le régime. J'ai eu peur.

— Peur de quoi ?

— Que tu commences à devenir comme papa.

— Il était comment papa ?

— Je n'en pouvais plus les dernières années. Rien d'autre ne l'intéressait que lui-même. Et ses rendez-vous médicaux, soyons clairs.

Ludo écoutait.

— Je m'excuse de t'avoir crispé dans la voiture. Mais il y avait ça dans l'air : le spectre de papa. En tout cas, je suis bien content que tu aies un traitement. Comme ça, tu n'as plus à y penser.

Je me gardai bien d'ajouter : et plus à *m'en parler*.

*

En rentrant, mon frère s'isola dans la chambre du rez-de-chaussée où je l'avais installé pour appeler Sonia. Je tendis l'oreille mais il parlait trop bas.

Lorsqu'il revint, je préparais la marinade des gambas.

— On écoute quoi ?

— Haendel. Les suites.

— Toujours aussi fan de musique ?

— Et de radio. Jamais le silence. Un truc de célibataire pour le coup.

Ludo nous resservit en Martini. Je réalisai brusquement qu'il était extrêmement rare qu'on se retrouve en tête à tête, lui et moi. D'avoir un public tendait-il nos rapports ? Qu'avions-nous de si crucial à jouer devant témoin ?

— Ça me rend triste ce que tu as dit sur papa, confessa-t-il au bout d'un moment.

Il n'y avait pas d'acrimonie dans sa voix, juste cette propension aux trouées cafardeuses que j'ai déjà évoquées.

— Qu'est-ce que j'ai dit à propos de papa ?

— Qu'il ne s'intéressait plus qu'à lui-même dans les derniers temps.

— Ce n'est pas la vérité ?

Il haussa les épaules.

— Tu l'adorais, dis-je. Voilà.

— Pas toi ?

— Je l'aimais bien sûr. Mais je le trouvais écrasant.

— Les avocats sont rarement effacés.

— Écrasant et absent. Il faut le faire.

— Pourquoi je ne supporte pas que tu n'aies pas aimé papa comme moi ?

— N'exagère pas, Ludo. Je te dis que j'aimais papa. Tu es sûr que ça va ?

— Oui, pourquoi ?

— Regarde-toi : tu es sentimental.

— Et tu ne sais pas quoi en faire.

— Hein ?

— Tu n'as jamais su quoi faire des gens sentimentaux.

La marinade était prête. Il n'a pas tort, me dis-je.

— Ta nouvelle traduction ? interrogea-t-il en désignant le fatras du bureau.

— Oui. Une sorte d'énième Bret Easton Ellis.

— Celui que tu m'as fait lire avec le serial killer ?

— C'est ça. En moins bien.

— Mais je croyais que tu pouvais choisir tes auteurs ?

— Ça m'arrive aussi d'accepter ce qu'on me propose pour faire rentrer de l'argent. Lui, il paie le bardage dans le jardin.

Il fallait changer Haendel. Je farfouillai dans mon portable et envoyai le premier Bach qui se présentait.

— Tu as mis où les meubles de Saint-Clair ? demanda encore Ludo.

La *Suite n° 3 en* ré *majeur* était-elle une bonne idée ?

— Vendus.

Mon frère se tourna vers moi, bouche bée.

— Tu plaisantes ?

— Ben non.

— Tu les as vendus et tu n'as pas jugé utile de m'en parler ?

Je lui adressai un regard vide et vaguement coupable.

— On s'emmerde à faire deux lots, poursuivit-il un ton plus haut, on tire au sort dans un souci d'équité, chacun se retrouvant avec des trucs dont il ne sait pas quoi foutre, et tu ne te dis pas que tes meubles pourraient nous intéresser ?

Il lâcha un rire estomaqué.

— Vous seriez venus dans un garde-meuble de La Ferté-sous-Jouarre ? me défendis-je.

— OK, laisse tomber.

— Je te pose la question : vous seriez venus à La Ferté pour une commode et deux fauteuils crapauds ?

— Stop. En fait, je m'en fous.

— Manifestement tu ne t'en fous pas du tout.

— J'ai dit : stop !

Il finit son Martini d'une traite.

Nous étions en mauvaise posture et Bach était tout à fait inapproprié.

— Franchement, vous avez besoin de meubles ?

— J'ai une fille qui vient de s'installer et à qui ça aurait pu rendre service ! martela-t-il.

— Tu vois les meubles de Saint-Clair chez une minette de vingt ans ?

— Et pourquoi pas ? Ludivine n'aime que l'ancien.

Sa paume découragée s'abattit sur le bar américain.

— Si difficile de passer un coup de fil ? Mais non : tu as encore roulé pour ta gueule.

— Comment ça j'ai *roulé pour ma gueule* ?

La ligne jaune. Là.

— Non, non, non, Ludo, je t'en supplie !

Je me repris aussitôt :

— Je *nous* en supplie ! On peut faire autrement que de se parler comme ça.

— Alors excuse-toi.

— De quoi ? Je me suis déjà excusé sur la plage !

— Et puis c'est exprès cette musique sinistre, bordel ?! Ça me rappelle l'enterrement de papa.

— Il n'y avait pas de Bach à l'enterrement de papa ! me mis-je à gueuler. Tu confonds avec maman !

Ça frappait à la porte vitrée du séjour : Benoit.

— Merde, il nous a entendus ?

— Évidemment qu'il nous a entendus, rétorqua Ludo.

Je fis signe à Benoit que c'était ouvert.

— Il s'inquiète pour son chat, rappela mon frère. Tu devrais lui offrir un verre.

Et, tandis que la sonate de Bach entamait une nouvelle envolée solennelle, mon voisin entra, tenant dans ses bras ce que nous aurions pu penser être un lapin mort. Mais non, c'était Chopin.

*

— Là, on ne peut pas voir, expliquai-je à Ludo, mais il avait les yeux vairons : un bleu, un jaune.

Benoit ne savait pas où poser le chat. Je coupai Bach et indiquai le canapé, faute d'une meilleure idée. Sur le tissu rouge, la longue pelure blanche n'en était que plus éclatante. Benoit tenta de replier les quatre pattes, comme dans l'espoir de trouver une posture naturelle.

— Il allait toujours dans l'armoire de l'entrée se coincer entre les paires de bottes. J'étais pourtant sûr d'avoir regardé hier. Il était déjà froid quand je l'ai trouvé.

— Tu veux boire quoi ?

Il glissa une main dans la poche de sa veste, en sortit une fiole de liqueur et s'assit à côté de son cher cadavre.

— Elle est à quoi celle-là ?

— Génépi.

— Il avait quel âge ? demanda Ludo.

— Il allait sur ses dix-sept ans.

— Ah oui quand même.

— C'est ma femme qui avait voulu. Avec le temps, je m'étais attaché.

Je tendis un verre à Benoit qui se servit et but son génépi d'une traite, comme un montagnard.

— Pauvre Benoit. Tu vas l'enterrer où ?

— J'ai pas pensé à ça pour le moment…

Il contempla encore son Chopin inanimé.

— Il dormait au bout du lit. Tout le temps.

— Et pourquoi Chopin ? intervint encore Ludo.

— Il *chopait* tout ce qu'il trouvait à bouffer.

— *Choper* ! m'exclamai-je. Ah d'accord. Mais tu l'écris comment du coup ?

— Bah, je l'écris pas.

Benoit grimaça et, d'une main fébrile, se mit à masser son ventre.

— Le génépi ne passe pas ? supposai-je.

— C'est mes calculs.

— Vos calculs ? se précipita Ludo.

Benoit acquiesça sans développer.

— Vésicule ? relança mon frère qui paraissait passionné tout d'un coup.

— Non. Les reins. Ça me fait une crise depuis une semaine.

— Mais vous avez vu quelqu'un ?

— Je suis allé à Dax faire une… une…

— Échographie.

— Voilà.

— Et ?

— Ben, y en a un qui se balade.

— Mais on vous a donné un traitement ?

Il haussa les épaules.

— Je dois rappeler le médecin.

— Il ne faut pas rester avec une crise de coliques néphrétiques, Benoit ! poursuivit Ludo. D'abord parce que c'est une douleur extrêmement aiguë. Et ensuite parce que vous fatiguez votre rein.

Benoit observait mon frère, penaud.

— On peut vous prescrire des ultrasons, ou des alphabloquants pour dilater l'uretère et aider le calcul à passer. Sinon on le dégomme au laser.

— Il est médecin, votre frère ? me demanda Benoit sans que je sache pourquoi il ne posait pas la question à Ludo directement.

— Urologue, répondis-je.

Benoit parut impressionné et mon frère cueilli.

— Alors j'ai bien fait de vous croiser.

— Tu conseillerais quoi en premier lieu ? lançai-je à Ludo en m'efforçant de ne pas rire.

Il hésita :

— Déjà de prendre des anti-inflammatoires pour vous soulager. Et de ne pas laisser traîner. Vous avez besoin de vos deux reins, Benoit…

— Mais c'est courant, non ? chercha-t-il à se rassurer.

— Pas une raison pour laisser filer.

— Je me disais que j'allais le pisser…

— Rappelez votre médecin traitant. Il saura vous conseiller.

— D'accord.

La consultation prenait fin. On en aurait presque oublié Chopin.

— Je vous embête pas plus longtemps.

Benoit grimaça une fois encore, la paume calée sur son gros ventre. Puis il saisit l'animal comme on prend un enfant endormi et se leva. La tête se mit à pendre lamentablement. Benoit l'enfouit dans le creux de son bras.

— C'est gentil de m'avoir écouté. Je suis bien triste.

— Courage, Benoit. Viens dîner cette semaine. Et occupe-toi de ta santé.

Il acquiesça sans me regarder, préférant voir où il mettait les pieds.

— Tu fermes derrière moi ? Pas facile avec le chat.

Sa silhouette disparut dans le jardin crépusculaire.

Un rire m'échappa. Ludo m'imita sans tarder.

— D'où tu connais tout ça, toi ?

— La mère de Sonia a fait plusieurs crises.

— Au fond, tu aurais dû être médecin. Viens, je vais allumer la plancha dehors.

Ludo resta songeur.

— Attends…

Je m'immobilisai, le plat dans les mains. Mon frère me fixait.

— Je m'en fous pour les meubles de Saint-Clair.

— Ludo, on ne va pas recommencer…

— Je ne recommence pas : je finis. En revanche, j'ai quelque chose à te demander.

— Oui… Eh bien, viens et dis-moi.

Il ne bougea pas du tabouret de bar.

— Tu as remarqué que tu ne me poses jamais de questions sur mon boulot ?

— Hein ?

— Arrête de dire *hein* tout le temps. Tu sais ce que je fais dans la vie, Sam ?

Il laissa passer quelques secondes. Je ne rétorquai rien, m'efforçant de tenir son regard.

— Tu ne sais pas.

C'était la première fois qu'il venait sur ce terrain. Ça me glaça le sang. Pouvais-je aller plus loin que « statisticien » ?

— Tu ne t'es jamais intéressé à moi.

Je posai le plat de gambas sur le bar.

— Je t'en ai tellement voulu. Tu sais ça ? Combien j'aurais voulu être quelqu'un pour toi ? Et ce que ça a pu me faire de n'être qu'un frère encombrant ? Un pauvre type insipide tout juste capable d'attirer ton attention à table en te rentrant dans le lard et que tu renvoyais dans ses cordes inlassablement. J'ai passé tellement de temps à chercher ton regard… Le jour où j'ai mesuré tout ce temps vain que je te consacrais, ce putain de temps vain, j'ai eu pitié de moi.

J'étais liquéfié.

— Cinquante ans comme ça… Il n'empêche qu'un jour, j'ai accepté. C'était il n'y a pas si longtemps. Sonia m'a certainement aidé. Elle a tout fait pour que je cesse de me regarder comme une merde.

— Je ne t'ai jamais regardé comme une merde ! le coupai-je mortifié.

Il me tua d'un regard : tu ne m'interromps pas, surtout si c'est pour sortir des trucs pareils.

— Est-ce que tu crois que c'est ça la vie ? Accepter les choses une à une. Je veux dire : se résigner. Ne plus attendre l'improbable. Ou l'impossible.

En un autre temps, Ludo m'aurait craché ces phrases. Là, sa voix était égale.

— Tu sais pourquoi j'ai accepté de venir, Sam ?

Je fis non de la tête.

— Parce que j'ai accepté. Je préfère que tu m'aimes mal plutôt que rien.

Il baissa les yeux.

— On ouvre ma bouteille ? proposa-t-il.

Je mis un peu de temps avant de m'exécuter. Il me regarda faire. Il n'était pas du tout en train de savourer sa tirade ou je ne sais quoi. Il n'était pas amer. C'est ça, me dis-je : il n'est plus amer. Et moi, j'étais un connard.

Je sortis les verres à pied. Mes mains tremblaient. Il fit comme s'il ne remarquait rien.

— Je t'en ai choisi un pas trop tannique, commenta-t-il.

Je nous servis, renversant quelques gouttes à côté.

— Ne fais pas cette tête, dit-il. Je t'assure que maintenant ça va.

— J'ai toujours pensé que tu me détestais.

— Non, Sam. Je t'aimais.

j'ai toute la vie devant vous

Arcachon, le 14 avril 1907,

Sonia, ma chère amie, pardonnez-moi d'avoir tardé à vous donner de mes nouvelles, je vous ai inquiétée inutilement. Je vais bien, et même très bien. Le Docteur Lalesque, dont je suis les prescriptions, a constaté une amélioration dès les premiers jours de la cure.

Me croirez-vous ? Sitôt que j'ai posé le pied sur cette plage d'Eyrac, je m'y suis senti chez moi. C'est une sensation confuse, mais une certitude : ce pays m'attendait. Pensez-vous que nous puissions, dans l'occulte de nos existences, être reliés à un paysage jusqu'alors inconnu ? Est-ce cette sorte de familiarité éclatante que vous avez ressentie à votre arrivée à Paris ?

On est loin de tout ici. Il y a bien quelque mondanité à faire au Parc Mauresque ou place des Palmiers, mais que l'on s'aventure à l'ouest ou à l'est et c'est la nature la plus sauvage qui s'offre au regard. Bien moins civilisé que Deauville mais infiniment plus dépaysant. Les grands voyageurs affirment qu'il y a du Japon ici, mais je ne puis en juger ni vous dire si la raison est à trouver du côté des dunes, de la teinte de la mer qui va selon les heures du bleu à l'acier ou des forêts de pins dont les effluves de résine se mêlent au parfum de l'immortelle. Quelqu'un en moi était né pour ce bassin. J'y ai « reconnu » une part innomée que je me jure de déchiffrer avant de revenir à Paris. Parce que oui, je reviendrai bien vite, je n'aspire pas à demeurer trop longtemps au milieu de ces silhouettes blêmes qui arpentent les trottoirs sous leur ombrelle dans l'attente de recouvrer un peu de santé. Fasse que la cure et la vigueur de mon âge me remettent sur pied en quelques semaines, comme promis par le Docteur !

Sachez que je bénéficie d'un traitement de faveur : ici, les tuberculeux sont logés sur la petite montagne qu'on nomme la ville d'hiver, une myriade de chalets d'inspiration excentrique (on se croirait à l'Exposition universelle), spécialement conçus pour les malades et bâtis au gré de rues qui serpentent dans la forêt pour mater les bourrasques. Moi, chère Sonia, j'ai la chance de ne pas être confiné avec eux, étant sans doute moins atteint et plus sûrement juvénile, donc particulièrement résistant. Avec l'accord du médecin, mon père a convaincu Monsieur Salesse, l'un de ses bons amis, de lui louer sa villa. Fermez les yeux. Non, lisez puis fermez les yeux. C'est l'une des premières maisons qui fut érigée dans la ville basse : blanche et de plain-pied, une toiture de tuiles claires aux bordures crénelées, surmontée d'un charmant belvédère. Et voilà le meilleur : elle est face à la mer. Je peux lire des heures dans la galerie à colonnades qui donne sur la plage. Quand je ne suis pas occupé à contempler les eaux tranquilles du bassin que la côte du Cap-Ferret vient borner, je marche des heures sur un sable d'une pâleur éblouissante. En passant, j'observe les parqueuses d'huîtres qui s'échinent à la tâche, les pêcheurs qui vont et viennent à bord de leurs pinasses (c'est ainsi qu'on appelle leurs longues et fines embarcations). Car c'est là tout le principe de la cure de Lalesque : au mieux je respire les embruns et les résineux, au mieux je guérirai mes poumons capricieux. Bien sûr, je dois me rendre à la clinique pour un suivi scrupuleux. Si la cure venait à se prolonger, je recevrais la visite quotidienne d'un précepteur sur ordre de mon père qui ne souhaite pas que je reste trop longtemps sans étudier. Dans l'intervalle, je profite de ma liberté. C'est en quelque sorte les grandes vacances et un délice d'échapper à la surveillance des gens de maison dépêchés par ma mère. Je me fais souvent reprocher ma tenue lorsque je reviens de mes escapades, mais comment pourrais-je garder ma veste et mes guêtres par cette douceur incomparable ? Vous verriez leur tête quand ils découvrent mon pantalon retroussé aux genoux, ma tignasse ébouriffée et le feu à mes joues ! Il est vrai que je dois ressembler à un sauvageon pour qui me croise en vadrouille. Je m'aperçois que j'étais un garçon trop sérieux à Paris, même et surtout avec vous, ce qui redouble mon désir de vous voir ici.

Chère Sonia, comme vous le constatez, notre parc du Luxembourg ne me manque pas. Vous seule me manquez. Vous êtes ma fatalité et la vôtre, dois-je croire, sera de me rejoindre. Promettez ! Je ne m'excuserai pas de mon insistance : c'est vous qui affirmez souvent que je ne fais pas mon âge mais que j'en garde l'insolence. Quand je suis près de vous, je peine à imaginer que six ans nous séparent. Nous sommes des siamois qui se sont retrouvés et n'ont mis qu'une seconde à se reconnaître.

Sonia, ma chère amie, comme vous allez aimer ma ville d'été ! Venez avant juillet, car les Bordelais accourent en nombre à la haute saison. Vous descendrez au Grand Hôtel où vous trouverez tout le confort (la princesse Mathilde et l'impératrice Sissi y ont séjourné). C'est un peu long de Paris mais pensez que le train vient jusqu'à Arcachon. Si vous arrivez à la mi-juin, je serai tout à fait remis et nous regagnerons la capitale ensemble.

Vous trouverez ci-joint un portrait photographique que j'ai fait réaliser pour vous prouver ma belle convalescence. J'ai un peu maigri mais n'avais-je pas deux petites joues à perdre ? Celles de l'enfant que je ne saurais redevenir avec vous.

Et pardon encore d'avoir tardé à vous écrire (j'ai reçu votre lettre ce matin, je vous réponds aussitôt). J'attendais le départ de ma mère qui m'accaparait plus que de raison. Heureusement que mon frère et mes petites sœurs ont besoin d'elle à Paris. Elle m'étourdit littéralement. Pour sa défense, la pauvre femme croit encore que cette satanée phtisie est héréditaire et s'en trouve rongée de culpabilité. Notre médecin de famille a eu beau tenter de la persuader du contraire, rien n'y fait. Les préjugés ont la peau dure. Et puis (j'en reviens à mon retard), je voulais prendre le pouls de ce pays afin de pouvoir vous écrire avec conviction (c'est le moment) qu'il est fait pour vous, et pour nous deux !

Vous verrez que nos promenades parisiennes n'étaient que prélude à un ravissement plus incroyable encore. Et j'en oublie la grande dune du Pyla que je n'ai, pour lors, vue qu'en estampe. Je ne la gravirai pas sans vous. Mais venez vite car je m'impatiente et je ne voudrais pas quitter le bassin sans l'avoir bravée à votre côté.

Êtes-vous toujours aussi heureuse dans votre pension? Comment se passent les cours à l'Académie? Vos maîtres continuent-ils de « s'écouter parler » (il se dit chez mes parents que Jacques-Émile Blanche n'est qu'un portraitiste mondain) ? Quand je pense que vous payez cent francs par mois contre cinquante pour les hommes... C'est révoltant. Passons et parlez-moi encore de Montparnasse, votre guinguette, La Closerie des Lilas (rien que le nom me fait rêver). J'ai peine à imaginer cette province bucolique que vous évoquez. Vous m'y emmènerez, n'est-ce pas? Je suppose que les artistes ne s'offusqueront pas de vous voir au bras d'un gamin contrairement aux bourgeois de mon funeste quartier!

Où en êtes-vous de la lecture de notre recueil? J'ai tâché de ne pas avancer trop vite pendant le long voyage qui me conduisait jusqu'ici, par crainte de vous distancer. Il est des vers que je connais à présent par cœur. Je ne vous dirai pas lesquels avant de connaître vos préférés.

Ma très chère amie, je pense à vous si souvent, trop souvent, me diriez-vous. Mais continuez à prétendre ce que bon vous semble. Il est des occasions, très rares, où je me plais à ne point vous écouter.

Votre Eugène

Arcachon, le 14 avril 1907,

Mon vieux Léon. Comme tu me manques, et le lycée aussi (qui l'eût cru ?). La vie ici n'est pas drôle, je t'assure. Je ne t'ai pas écrit avant cela parce que je répugnais à t'adresser des mots amers et découragés. Les premiers jours, la tentation fut grande de prendre la direction de l'observatoire et de me jeter de la passerelle Saint-Paul. Je suppose que c'est la bonne hauteur. Tu vois l'humeur. Et encore, je t'écris tout cela au passé. Je me suis ressaisi : je terrasserai la maladie et regagnerai Paris requinqué. Quand je vois les ombres malingres et voûtées qui hantent les rues, j'ai de quoi reprendre espoir ! Je n'en suis pas là. Ils sont effrayants, mais je ne t'apprends rien. Tu as dû souvent les apercevoir ici pendant tes étés en famille.

Aussi bien pourras-tu compatir si je te dis qu'ils m'ont claquemuré dans un chalet hygiénique de la ville d'hiver, l'un des nombreux recommandés par Lalesque pour ses malades. Il a beau être exposé au midi, je regrette infiniment que mon père ne m'ait pas trouvé un home sanatorium d'où je puisse voir la mer. Maudit soit l'architecte qui a fomenté ces monstres lugubres pour le compte du Docteur. Au moins, avons-nous l'eau courante et l'éclairage au gaz. Mais quelle austérité au-dedans… Tout est fait pour faciliter la désinfection : murs tendus de toile lavable, ni tentures, ni rideaux. Au soir, ce décorum spartiate s'obscurcit et je reste collé au halo de ma lampe, hébété. Augustin a beau venir ranimer l'âtre deux fois par nuit, je grelotte dans ma grande chambre sous les draps rêches.

La thérapeutique que Lalesque a élaborée tient en un mot : la « suraération », de jour comme de nuit, qu'il pleuve ou qu'il fasse glacial… Le pire pour nous serait de rester confinés, affirme-t-il. Nous devons donc nous tenir à l'air libre le plus possible et laisser ouvertes les fenêtres du chalet quoi qu'il arrive. Cet air du bassin serait miraculeux… Je ne demande qu'à voir. À quoi s'ajoute le repos forcé. Je n'ai pas le droit de faire de l'exercice (qui augmenterait les combustions pulmonaires) et ne suis autorisé qu'à vingt minutes de marche par jour. J'en fais bien plus, tu me connais (il faut bien que j'aille saluer la mer !), expliquant les yeux noirs du personnel de maison quand je rentre : « Monsieur n'a pas fait ses heures de chaise longue ! » Je leur jure que je suis resté prostré tout l'après-midi à l'ombre d'un palmier au Parc Mauresque, mais ils ne me croient pas. Ils rendent des comptes à Lalesque régulièrement (le Docteur leur a explicitement demandé de me surveiller). Le pire, c'est que je ne me sens pas si malade que cela ! Alors je m'échappe, je gambade de plage en plage. Mais c'est un peu triste tout seul.

Le reste est si ingrat, mon cher Léon. J'ai des « devoirs » quotidiens à faire dans un carnet. Il s'agit de décrire ma nuit, ma toux, ma transpiration, mes déjections, l'état de mon appétit, mes expectorations. Lalesque entend ainsi nous « responsabiliser » et, plus sûrement, contrôler autant de patients éparpillés dans la nature. Tous les matins, je suis donc convoqué à la clinique. Il ausculte mon journal. Évidemment, j'y caviarde la vérité et il parvient régulièrement à me confondre. J'ai alors droit à sa leçon de morale. Puis on frictionne mon corps à l'eau de mer froide. Enfin, j'ai droit à une onction faite d'huile de térébenthine. J'oubliais ce détail : nous sommes tous munis d'un crachoir de poche. Car il faut cracher, c'est indispensable. Tu nous verrais, tous, au-dessus de notre petite boîte d'étain... Lalesque assure qu'Arcachon est, grâce à ces précautions, l'une des villes de France où la contagion reste la plus faible. Plusieurs fois par jour, je confie en cuisine mon sinistre butin, on en plonge le contenu dans une eau bouillante pendant cinq minutes, de façon à tuer le bacille, puis l'eau souillée disparaît dans les cabinets ; parallèlement, on stérilise le crachoir. Tu m'envies, n'est-ce pas ?

Heureusement, j'ai reçu une lettre de Sonia ! Sacré Machiavel : ton plan a parfaitement fonctionné. Je me suis bien gardé de lui écrire à mon arrivée. Et voilà qu'elle m'envoie un mot affolé. Je viens de lui répondre pour la rassurer.

J'ai son portrait sur ma table de nuit. Je contemple anxieusement son beau visage plusieurs fois par jour, de crainte sans doute qu'il ne m'échappe. À distance, les choses finissent par perdre en netteté, celle que mon cœur exige du moins. Il en va tout autrement de la voix : j'entends parfaitement Sonia, son accent merveilleux, son français parfait, et ses inflexions qui parfois se cassent de façon adorable, comme si elle venait de trahir quelque chose d'elle-même. J'espère qu'elle tiendra sa promesse de venir me visiter. Cette perspective m'aide à supporter mon exil. Toi aussi, je t'attends, mon vieux ! Depuis le temps que tu me parlais d'Arcachon et que je te répondais à coups de Deauville. Tu ne m'avais pas menti. La lumière de ce bout du monde est étonnante, même si j'aurais aimé la découvrir en d'autres circonstances.

Raconte-moi Fénelon ! Comment va Darras ? Passe-lui le bonjour de ma part. L'étude n'est pas au programme de mes journées pour le moment et je n'ai qu'un livre de chevet, celui offert par Sonia : l'édition du Baudelaire datée de 1857 (comportant donc les pièces condamnées). C'est son cher libraire du boulevard Saint-Michel qui a réussi à nous en faire venir deux exemplaires juste avant mon départ. Nous nous sommes promis, Sonia et moi, de le lire en même temps, comme un fil d'Ariane entre nous. Tu ne pensais tout de même pas que nous allions conjurer notre séparation avec du Jules Verne ! Je te sens d'ici tout curieux. Je te recopierai dans ma prochaine lettre quelques passages licencieux.

J'ai appris que la CGT appelle à la grève générale pour le 1er mai ? L'ambiance à Paris est-elle aussi tendue qu'on le dit ? Ma mère a l'air de prendre tout cela très au sérieux : voilà plusieurs jours qu'elle fait accumuler des vivres comme pour un siège ! Oserais-je t'avouer que je désespère de ne pas participer à tout cela ? Fasse que le grand soir n'advienne pas en mon absence !

Mais je dois te laisser, mon vieux Léon. J'ai rendez-vous à la clinique pour le bain de térébenthine. Imagine ma viande amaigrie et ligotée dans cette huile visqueuse… Non, le gibier ne fait vraiment pas envie.

Eugène

Arcachon, le 3 mai 1907,

Ma chère Sonia, je vous remercie pour votre lettre, même si elle n'évoque pas votre venue. Pardon de me faire pressant mais il serait plus que raisonnable de réserver sans tarder car je crains qu'il ne reste plus une seule chambre de libre au Grand Hôtel. Et ne pas vous voir ici, je ne le supporterais pas.

Quelle bonne nouvelle : vos travaux de peinture avancent comme vous le souhaitez. Vous avez raison de ne pas écouter les rabat-joie : en quoi une grande œuvre ne pourrait-elle naître des doigts d'une femme ? Que fait-on de Camille Claudel et de Suzanne Valadon ? Mes parents non plus n'y entendent rien. Pour eux, une femme doit s'occuper de la maison et de l'éducation des enfants. Soyez courageuse et entêtée comme je vous connais. Rien ne vaut l'affranchissement que vous apportera la notoriété. Quand vous serez là, nous vous procurerons tout ce dont vous avez besoin. Je suis sûr que vous vous sentirez inspirée. Bonnard est venu par deux fois déjà avec sa femme qui souffre de la même affection que moi et on dit qu'il est revenu avec des aquarelles de toute beauté.

Chère Sonia, j'ai beaucoup repensé à ce que vous avez bien voulu me confier ces derniers mois. Je peine à mesurer tout ce que vous avez déjà traversé : la misère dans ce shtetl d'Odessa, cet oncle qui s'est proposé de vous élever à Saint-Pétersbourg, vos voyages en Europe à ses côtés, enfin le courage (votre courage) de partir seule étudier les arts en Allemagne puis à Paris... Le fils de bourgeois parisien que je suis ne peut que s'en trouver étourdi, fasciné et admiratif. Imaginez-vous le destin dans lequel vous êtes à présent engagée et que votre naissance rendait a priori inatteignable ? Vous irez loin. Enfin, pas trop loin de moi, n'est-ce pas ?

Comme j'aurais aimé être avec vous pour voir ces Gauguin dont vous me parlez ! À vous en croire, le fauvisme a de l'avenir mais il est déjà installé. Aussi, je ne puis que vous suivre dans votre intention de vous en nourrir pour mieux le dépasser. Vous êtes l'avenir. Vous serez la modernité. Je vois déjà l'affiche annonçant la première exposition de Sonia Terk ! Quel grand moment ce sera ! Quant à votre projet de prendre des leçons de gravure avec ce Grossmann, quelle belle idée ! Et pour répondre à votre question : non, je n'ai jamais entendu parler de Picasso. Qui est-il ? Dites-m'en plus ! Je suis curieux.

S'agissant de peinture, j'ai une anecdote savoureuse à vous raconter. Désespérant quelque peu de mon isolement, j'ai commencé à rôder place des Palmiers. J'y ai rencontré un énergumène qui vous aurait plu. Un certain Maurice Guibert, la cinquantaine, célibataire et nullement admirable au premier regard avec ses yeux exorbités et sa taille de nabot. J'ai tout de suite aimé son humeur joviale et féroce. Il m'a emmené à la buvette et m'a payé de la résine de pin aromatisée au chocolat, arguant que c'était très bon pour ce que j'avais (lui préfère l'alcool, comme de bien entendu). Il a été représentant d'une société de champagne et profite désormais de la rente de son père (il possède une bonne partie de notre seizième arrondissement). Et j'en viens, chère Sonia, au fait : il a été longtemps l'ami intime de Toulouse-Lautrec et a séjourné plusieurs fois à Arcachon à ses côtés. Il se vanterait presque de la mauvaise influence qu'il a eue sur le peintre (il était de dix ans son aîné). Il prétend même l'avoir emmené dans des maisons closes de luxe. Me recroisant quelques jours plus tard, il m'a interpellé, affirmant avoir retrouvé pour moi les témoignages de ses aventures passées avec le peintre. La vérité, c'est qu'il pratique la photographie en amateur. M'entraînant dans sa demeure de location, il m'a montré plusieurs images invraisemblables. Me croirez-vous, chère Sonia : j'ai vu, de mes yeux vu, Toulouse-Lautrec déguisé en muezzin au moyen d'un drap de lit et d'une serviette de toilette, appelant les fidèles à la prière, et ce juste devant le temple protestant ! Guibert s'étouffait de rire à l'évocation des visages abasourdis qui se rendaient à la messe et découvraient ses simagrées ! Une autre photographie montre le même trublion en bateau, totalement nu, prêt à sauter en pleine mer !

Mais je ne vous donne même pas des nouvelles de ma

santé ! Le Docteur Lalesque a souhaité entamer une nouvelle phase dans mon traitement : la cure de barque. Vous allez penser que je plaisante : il s'agit d'installer le patient sur un bateau ancré à quelques encablures du rivage et de le laisser là, bercé par le clapotis de l'eau, pendant trois ou quatre heures, protégé du soleil et du vent par un parasol et un capot. Le but est d'atteindre un état végétatif qui participe de la guérison. Je m'y emploie fort bien, croyez-moi ! J'ai rencontré un patient, redevenu gaillard, qui avait fait cinq cents heures de bateau en quatre-vingts jours ! Vous voyez que vous n'avez pas à vous inquiéter pour votre petit protégé !

Vous ai-je dit que je suis des cours de piano depuis peu ? Madame de Baylin me donne une leçon particulière tous les jeudis à la villa Massillon. Elle a décidé de me faire travailler Chopin. J'aurais préféré Schubert mais elle prétend avoir peu d'élèves dotés de si grandes mains, capables donc d'écarts exceptionnels. Pour commencer, elle m'a destiné le Prélude dit de « La goutte d'eau ». Je m'accroche et espère bien pouvoir vous le jouer dès votre arrivée. Ah, votre arrivée… Adressez-moi une date, je vous en supplie. Et écrivez-moi encore. Je vous écrirai aussi.

Votre Eugène

Arcachon, le 20 mai 1907,

Mon vieux Léon. Ainsi donc tu ne passeras pas l'été sur le bassin ? Moi qui me réjouissais de te revoir et, comment te le cacher, de briser ma solitude… Je me suis fait un seul ami, du nom de Guibert, peu recommandable (il est constamment ivre) mais d'une assez agréable compagnie. Il a tout un tas d'anecdotes sur le gratin qui vient ici depuis des lustres. Je l'écoute, souris et ne suis pas trop obligé de parler.

Au chalet, l'humeur est plus morne que jamais. Je tente de dérider Marthe, mais c'est peine perdue. Je vais te confier une chose assez difficile, mon vieux. Sa présence ici ne doit rien au hasard. En février, une tricoteuse est venue lui vider le ventre. Je sais que mon père la force régulièrement. Ma mère a fini par remarquer son ventre légèrement rebondi. Je m'attendais à ce qu'elle la jette à la rue mais elle a cru faire montre de mansuétude en l'envoyant ici à ma suite. Ma mère doit bien se douter d'où lui est venue cette grossesse, mais elle a préféré éloigner Marthe et continuer à faire comme si de rien n'était. Mon père me révulse, même si je sais que c'est dans beaucoup de maisons pareil. L'autre soir, j'ai dit à Marthe que je savais tout. Elle a baissé les yeux, sur le point de vaciller. Je lui ai ordonné de relever le front, lui jurant qu'elle serait tranquille ici et que je lui trouverais de nouveaux maîtres à Arcachon.

Comme ils sont bien dressés, toutes et tous… Je vais te choquer, cher Léon, mais notre monde tel qu'il est organisé me fait horreur. Mon père l'a compris à qui je m'en suis ouvert quelque temps avant de quitter Paris. Il l'a fort mal pris. Mais, franchement, entre ceux qui possèdent sans travailler et ceux qui travaillent sans posséder, la guerre ne pourra pas être évitée. Est-il vrai qu'un garçon de vingt-deux ans a tiré sur les cuirassiers du haut d'un omnibus pendant la manifestation du 1er mai ? Voilà une saine animation ! Tu verras que le vieil ordre finira par se fracasser et que la révolution viendra. C'est toute l'histoire de notre siècle à venir. Cela, du moins, serait juste, et divertissant. Mon mauvais esprit revient à la charge, tu vois. Dois-je croire qu'il s'agit là d'une santé partiellement recouvrée ?

Mais je m'égare. Allons au nerf, mon ami. Tu dois m'en dire davantage : qui est ce Wilhelm Uhde qu'on aurait vu en compagnie de Sonia ? Collectionneur allemand, dis-tu ? Et quand tu affirmes qu'on les a vus se promener au parc du Luxembourg, que veux-tu me signifier ? Relisant ta lettre, j'ai cru y déceler une ombre qui ne disait pas son nom. Est-ce cette toux qui me porte à l'exagération ? Il faut te dire que je ne dors que quelques heures par nuit. Hier, j'ai même craché un peu de sang. Pardon de te confier des détails peu ragoûtants. Lalesque songe désormais à m'administrer des bains de mer. Il faut tout essayer, n'est-ce pas ?

Que vais-je faire tout cet été sans toi ? Et quelle ironie du sort : toi à Deauville et moi ici… Passé le dépaysement enivrant des premiers jours, je suis redevenu et resterai un « estrangey », comme ils disent. Heureusement que l'on m'écrit. C'est bien la seule distraction dont il serait cruel de me priver.

Envoie-moi des embruns pendant juillet, je te répondrai avec des parfums de résine. Tes encouragements me sont toujours précieux. Et n'oublie pas de te renseigner à propos de ce Uhde. Tu es un frère, mon cher Léon.

Eugène

Post-scriptum : comme promis, tu trouveras ci-joint « Les bijoux » et « Le Léthé ». J'espère que tu en savoureras « la candeur unie à la lubricité ». Je te promets pour bientôt « Femmes damnées » qui est plus long à recopier.

Arcachon, le 15 juin 1907,

Très chère Sonia. Je crois comprendre à votre dernière lettre que vous ne viendrez pas. J'en ai la gorge serrée. Quant à moi, je dois vous dire que mon retour à Paris n'est pas prévu pour le moment. Il me faut encore reprendre des forces.

Sonia, le 6 septembre prochain, j'aurai dix-sept ans. Ce jour-là, quatre ans seulement me sépareront de la majorité. Je n'ose trop vous dire ce à quoi je rêve. Mais vous le savez, au fond. Il y a tant de choses qu'on ne dit pas mais qui se murmurent dans le silence. Alors vous aurez bien deviné, ma chère amie, quelle main je m'empresserai d'aller demander à votre oncle dès le 7 septembre 1911 au matin… Oui : j'irai jusqu'à Saint-Pétersbourg ! Y consentirez-vous ? Songez qu'avec moi, vous pourrez laisser libre cours à votre talent ! Vous serez bientôt une peintre reconnue. Je ne serai pas de ceux qui garnissent les rangs du Jockey Club ou de l'Union. J'ai soupé du monde des messieurs. Sitôt que je pourrai voter, je serai socialiste. Je soutiendrai Jaurès et je travaillerai à l'avènement du grand soir qui consacrera l'affranchissement des asservis mais également celui des femmes. Mon père mésestime la chrysalide qui me transforme peu à peu. Il n'a pas encore entendu le dixième de ce que j'ai à dire. Vous et moi, nous fonderons une famille et vivrons selon un ordre nouveau qu'il nous faut commencer à construire dès maintenant !

Je m'échauffe mais que deviendrais-je sans ces innombrables pensées lancées vers vous ? Ici, les jours se suivent et se ressemblent cruellement. Je tente de m'inventer de nouvelles distractions mais songez qu'elles ne sont pas infinies. Ces temps-ci, je m'exerce au stand de tir du Parc Mauresque. J'acquiers des réflexes hors pair. Je serais aujourd'hui capable de provoquer en duel n'importe lequel de vos prétendants. Oh, pardonnez ce mauvais goût ! Vous voyez qu'il y a encore un enfant en moi.

Pour le reste, je continue l'enseignement du piano avec Madame de Baylin. Quand je joue sous son œil intraitable, j'oublie tout. Elle souhaite que je participe au petit récital qu'elle organisera prochainement dans le salon de Massillon avec quelques-uns de ses meilleurs élèves. J'en suis extrêmement flatté. Lorsque j'arrive en avance, j'entends jouer un garçon de mon âge, du nom de Jean Marty (son œil brillant et sa pâleur ne laissent aucun doute sur les raisons de sa présence à Arcachon). Il est redoutablement doué et interprète Saint-Saëns comme personne. Je vais devoir travailler d'arrache-pied pour être à la hauteur car on ne manquera pas de nous comparer. Je veux croire qu'un peu d'émulation est excellent pour ma santé !

La tristesse me reprend à la perspective de devoir conclure cette lettre. Jusqu'alors, notre correspondance calmait l'impatience folle que je conçois à l'idée de vous revoir. À présent que les dates de nos retrouvailles se font plus incertaines, je m'en trouve malheureux et démuni.

Écrivez-moi, rassurez-moi, je ne suis plus sûr de rien, sinon d'une chose : j'ai toute la vie devant vous.

Votre Eugène

Arcachon, le 12 juillet 1907,

Chère Sonia, mon amie. Avez-vous bien reçu ma lettre en date du 15 juin ? Je m'inquiète en l'absence de réponse de votre part. Je promets de ne plus vous importuner ce mois-ci mais je vous serais reconnaissant de m'écrire au moins quelques mots.

Votre Eugène

Arcachon, le 3 août 1907,

Mon vieux Léon. Je n'ai plus aucune nouvelle de Sonia. Sa dernière lettre date de la fin mai. Ne crains pas de jouer les Cassandre et dis-moi franchement ce que tu sais.

Ici, la chaleur est accablante et les Bordelais ont envahi les plages. On voit partout des enfants grouiller, coiffés d'un canotier, sous le regard de leurs mères installées sur des pliants et bien abritées sous leur chapeau. Cette foule me laisse plus seul que jamais, alors je préfère rester au jardin. Je ne rejoins la ville basse que pour une visite de courtoisie à la tombée de la nuit. Au reste, je déambule aux abords du Casino Mauresque auquel je me suis habitué. Je finis par apprécier ce décor suranné. Les coupoles et les minarets font peine à voir depuis qu'on ne se soucie plus de les entretenir. La municipalité mise bien plus sur le nouveau casino de la plage. J'ai l'impression de venir saluer un vieux décor de théâtre autrefois admiré et proche d'être délaissé à la faveur d'un faste plus moderne. À lui, le bientôt éconduit, va mon attachement.

L'incorrigible Guibert m'aide à passer le temps avec ses histoires toujours plus rocambolesques. Je l'invite souvent à déjeuner. Cela m'apaise d'avoir un commensal autre que ma sempiternelle vue sur le bassin.

Merci à toi de m'exhorter à la patience. Tu me dis que je dois tenir. Oui, bien sûr… La tristesse découragée me donne parfois l'envie d'en finir, mais où trouver le courage ? On est bien forcés de continuer, et je le regrette sincèrement à certaines heures de la nuit.

Pardon pour cette lettre un peu sombre. Souhaites-tu que je te recopie un autre Baudelaire ? Et dis-moi pour Sonia, je t'en supplie…

Eugène

Arcachon, le 15 août 1907,

Très chère Sonia. Où êtes-vous ?

Eugène

Arcachon, le 30 août 1907,

Mon vieux Léon. Voilà bien longtemps que je ne t'ai pas lu. Mais c'est toujours ce qui arrive en été. Tu as eu bien d'autres choses à faire, je le conçois. Moi, j'ai si peu pour m'occuper…

Je regrette d'avoir à te donner de bien décevantes nouvelles. Mon état ne s'améliore pas. C'est même plutôt le contraire que j'ai à t'annoncer. Ma toux est devenue intempestive et j'ai beaucoup maigri. La moindre nourriture me donne la nausée, même les huîtres, que je chérissais jusque-là, m'écœurent. Je n'aimerais pas que tu me voies en ce moment : je dois peser cinquante kilos, contre plus de soixante à mon arrivée. Mon visage est émacié et je ne suis plus qu'un assemblage d'os fins que des articulations boursouflées tiennent vaille que vaille entre eux.

À laisser traîner mon oreille place des Palmiers, j'ai compris qu'une rumeur frondeuse avait envahi certains malades.

Il se dit que les traitements de Lalesque sont impuissants : ils seraient tout juste bons en prévention pour les enfants faibles, mais d'aucun secours pour ceux dont la tuberculose est déclarée ou avancée.

J'ai dû subir plusieurs bains de mer. Il s'agit de recouvrir le malade de sable brûlant et de le laisser exposé à l'ardeur du soleil autant que ses forces le lui permettent. Lorsque son pouls bat violemment, que son visage est ruisselant, on l'enveloppe dans une couverture de laine et on l'alite jusqu'à ce que la sueur ait complètement cessé. Si l'estomac le démange, on lui donne à boire du vin pur. Crois-tu que cette torture ait arrangé quoi que ce soit ?

Désormais, un reflet insidieux me fait me sentir de plus en plus proche des spectres qui hantent la ville haute et cela m'épouvante. Lorsque j'arpente les rues sinueuses, j'aperçois à travers le fouillis des jardins leurs corps allongés devant les perrons. Installés sur des chaises longues en osier, ils replacent leur châle qu'une quinte de toux a fait glisser. Il serait déraisonnable d'imaginer qu'ils attendent autre chose que la mort. Je me vois en eux.

Cher Léon, je commence à douter de la plus affreuse façon. Serais-je entre les mains d'un charlatan ? Je ne peux plus faire d'aussi longues promenades qu'avant. Je me fatigue bien vite et m'en retourne essoufflé, la gorge sifflante tel un vieil animal. Même écrire m'est pénible. Quant à lire, je n'y pense même plus. Mon attention s'évanouit au bout de quelques lignes seulement.

Léon, j'ai peur. J'en cauchemarde (les rares nuits où

j'arrive à trouver le sommeil). Et toujours aucune nouvelle de Sonia…

Je te salue, mon vieil ami.

Eugène

Arcachon, le 7 septembre 1907,

Sonia. Je n'ai rien reçu de vous depuis si longtemps. Je me fais un sang d'encre. Où êtes-vous? Avec les vôtres en Ukraine? Peut-être ne recevez-vous donc pas mes lettres… Vous m'avez dit prononcer parfois des mots méchants pour mieux cacher vos bons sentiments. Usez-vous pareillement du silence?

Hier, c'était mon anniversaire et je l'ai passé seul. Ma mère me l'a souhaité dans une lettre laconique. Quant à mon père, je n'entends plus parler de lui que de sa main à elle. Je ne serais pas étonné d'apprendre qu'il est encore parti chasser la grouse en Écosse. Pour tout vous dire, je me sens un peu abandonné par les miens. Sans lettre de votre part, c'est encore pire.

Vous ai-je écrit quelque chose qu'il ne fallait pas?

Hier, c'était donc mes dix-sept ans. L'après-midi, errant près du casino, je suis tombé sur un spectacle de Guignol. Je l'ai regardé jusqu'au bout, Dieu sait pourquoi. Il y avait là une bande d'enfants rachitiques du sanatorium du Moulleau. Leurs rires résonnaient outrageusement à mes oreilles et j'en suis reparti plus triste que les pierres. Le soir, j'ai soupé devant la mer tout aussi muette que vous. Puis j'ai fait quelques pas sur la plage. La nuit était presque tombée. Un éclat dans le ciel m'a fait sursauter, puis d'autres : c'était un feu d'artifice qu'on tirait dans la ville haute, probablement à la villa Brémontier où l'on organise souvent des fêtes. J'ai songé que ce n'est certainement pas mon père qui aurait fait cela pour moi… Décidément, nous nous sommes irrémédiablement éloignés lui et moi ces deux dernières années. Nous ne sommes plus d'accord sur rien. J'ai cru que je pouvais formuler mes opinions lors même qu'il me laissait faire ; au lieu de quoi, il aura renoncé sans mot dire à son aîné. Pensez qu'il n'est même pas venu une seule fois me visiter depuis que je suis ici. J'ai perdu son regard. N'est-ce pas cher payer ? Est-ce si grave d'avoir d'autres conceptions de la politique que sa famille ?

Je ne cherche pas à me faire plaindre, Sonia. Je suis très seul, c'est tout. Je n'ai même plus le loisir de passer un peu de temps avec Guibert qui a regagné ses pénates aux derniers jours d'août.

Je vous avais parlé de ce Jean Marty, jeune prodige que je croisais à Massillon avant ma leçon particulière, n'est-ce pas ? Il est mort hier. Je regrette de n'avoir jamais engagé la conversation avec lui. Chaque fois que je l'ai entraperçu, j'ai senti que maintes choses nous reliaient et c'eût été le compagnon idéal pour ces jours languissants. Ne me jugez pas égoïste quand je devrais plutôt déplorer sa disparition. Je vous écris les choses telles qu'elles se présentent à moi.

Voilà, tout cela n'est pas très réjouissant et je soulage un peu ma peine en vous l'écrivant. J'espère que vous me pardonnerez. Notre correspondance m'aide beaucoup. Nous nous ressemblons, vous et moi. Une même soif de liberté nous taraude. Vos mots me manquent tant, Sonia. Si vous preniez un instant pour m'en griffonner quelques-uns, je serais le plus consolé des inconsolables.

Eugène

Arcachon, le 17 septembre 1907,

Léon, ta lettre m'a laissé abasourdi. Mais ne t'avais-je pas imploré ? J'ai dû la relire plusieurs fois pour commencer à croire ce que tu m'écris. Apprendre que Sonia serait tentée de donner sa main à ce Uhde me fait l'effet d'une lame de guillotine s'élevant au-dessus de la nuque du condamné. Léon, je n'ai tout de même pas rêvé ces longs après-midi avec elle, ni ce soupir un peu douloureux à l'idée de nous savoir séparés pour plusieurs semaines quand je l'ai raccompagnée en bas de sa pension la veille de mon départ ! Je n'ai pas rêvé non plus ses lettres ! Je te certifie que je n'ai jamais été inconvenant en retour. Je veux bien croire que Uhde est très riche et que la galerie qu'il compte ouvrir apporterait à Sonia la liberté et la notoriété. Mais n'était-ce pas précisément tout ce que j'appelais de mes vœux : lui permettre de devenir l'artiste qu'elle est ? Si l'on m'en avait seulement laissé le temps… Mais nous ne jouons pas à armes égales, Uhde et moi. Il est fin prêt. Je ne le suis pas.

Ou a-t-elle plus simplement voulu être gentille avec « le gamin » pendant tout ce temps de connivence ? Se pourrait-il que j'aie tout inventé ? Je veux dire : me serais-je raconté une histoire ?

Léon, je voudrais que tu ailles lui parler. J'ai conscience de te jeter dans l'embarras, mais tu es mon ami, mon vieil ami, mon ami le plus cher. Si tu lui disais, par exemple, que je me meurs ? Pourrais-tu seulement noter avec précision sa réaction ?

J'ai dû rester allongé toute la journée après avoir ouvert ton enveloppe. Pour autant, je te remercie. Il est tant de circonstances où nul ne souhaite plus nous dire les choses telles qu'elles sont.

Je t'en prie, mon ami : dis-lui que je l'appelle sans cesse. Fais cela pour moi.

Et non, je ne vais pas mieux. Je parle là de ma santé, non de mon effondrement intérieur. Nul doute toutefois que l'une ne va pas sans empirer au contact de l'autre. Et ne va pas en concevoir quelque culpabilité. C'est l'éventuelle vérité qui m'ôte un poumon de plus, non ta lettre. Le Docteur Lalesque s'alarme de mon poids. Je tente de lui dissimuler les tremblements inexplicables qui me prennent plusieurs fois par jour. Tu vois : pas exactement la mort. Mais une certaine idée du pire.

À toi.

Eugène

Arcachon, le 17 septembre 1907,

Sonia. « Folle dont je suis affolé. » Vous ne voudriez plus ni m'écrire ni entendre parler de moi ?

E.

Arcachon, le 22 septembre 1907,

Léon, je dois te dire que je vais de plus en plus mal. Je ne pense pas que je reverrai les miens, ni toi, ni Sonia. Je vais mourir, Léon. Le pape de la cure libre a déjà dû entretenir mes parents de mon piteux état et du si faible espoir de me voir guérir. Mon père se sera fait une raison. Après tout, il lui reste un fils. Son patrimoine ne restera pas orphelin et son nom se perpétuera sans moi.

La ville d'hiver est une tombe. Pas un seul d'entre nous n'en ressortira vivant. Forcé à la plus grande solitude, sans trop de nouvelles de tous (les lettres se sont raréfiées, je ne le vois que trop quand d'aucuns espèrent que l'espacement passera inaperçu), portant un corps si amoindri (je dois peser quarante kilos à ce jour), pénétrant en somme dans un état de conscience que je te souhaite le plus tardif possible, qui est celui d'une fin certaine et d'une existence qui ne comporte plus rien d'enviable, j'ai dû me résoudre moi aussi.

Eugène

Arcachon, le 3 octobre 1907,

Léon, mon ami, j'ai bien reçu ta lettre. Je t'en remercie. Et merci d'avoir tenté ce coup du diable.

« Ainsi va parfois le cœur. » Je ne reconnais pas Sonia dans ces mots. Mais je me le tiens pour dit.

Elle se désole de me savoir si mal ? C'est trop d'honneur.

Je t'écrirai plus longuement demain, mon frère. Là, je suis trop faible.

Dis-toi, au moins, que tu ne lui as menti sur rien. La manœuvre que je t'ai soufflée n'était qu'une triste anticipation. L'amour-propre m'oblige toutefois à dire que je ne mourrai pas d'amour, mais bel et bien de la peste blanche. Soyons sérieux.

Eugène

Arcachon, le 6 octobre 1907,

Léon. Avant-hier, j'ai loué les services d'une voiture à sable. J'ai demandé à traverser la forêt vers le sud et je me suis fait déposer aux alentours du Moulleau. Je savais qu'on n'y croise guère que des pêcheurs et les enfants du sanatorium, c'est la brousse. J'ai dit au conducteur de m'attendre et j'ai gagné l'océan. Je n'avais jamais vu pareils rouleaux. Il faisait doux mais le vent soufflait fort. La plage était totalement déserte, et immense à marée basse. J'ai marché en direction de l'eau. En face de moi, s'étendait la splendeur du banc d'Arguin, doré et émaillé de nuées d'oiseaux. J'ai avancé dans l'eau, rudoyé par le ressac vigoureux. J'ai nagé quelques brasses et me suis fatigué bien vite. Moi, squelettique à présent, je me sentais lourd comme une grosse pierre. À un moment, j'ai eu la tentation de m'éloigner vers le large pour en finir puis, au moment où mes forces décroissaient dangereusement, un maudit instinct (de ceux qui ne communiquent aucunement avec la raison ou la volonté) a agité mes membres et m'a finalement ramené vers le bord. J'ai compris que je n'aurais pas le courage d'en finir tout seul. Ruisselant, agenouillé sur le sable, je crachais du sang. C'est alors que j'ai vu le conducteur de la voiture accourir. Sur le chemin du retour, j'ai insisté pour monter à l'église Notre-Dame-des-Passes. Je voulais voir tout ce dont je m'étais privé dans l'attente de Sonia. J'ai contemplé une dernière fois la ligne du Cap-Ferret et, de l'autre côté, la muraille de pins.

Ainsi donc je n'aurai pas réussi à me tuer, mais j'aurai certainement contribué à accélérer la manœuvre. Mon état depuis cette baignade a empiré et je t'écris de la clinique où Lalesque m'a admis en soins intensifs. Je dois dicter cette lettre à une infirmière, faute de forces suffisantes.

Le service de désinfection municipal a déjà dû passer stériliser le chalet loué par mon père. Bientôt, une nouvelle famille inscrite sur la liste d'attente y installera son malade, restera auprès de lui quelques jours, puis l'y laissera pour ne jamais le revoir.

J'ai renoncé à l'avenir mais, après tout, il n'avait pas commencé. Et puis, il s'écrivait sans elle désormais, alors à quoi bon ? Voilà, mon vieux Léon : je ne suis qu'un vieil adolescent qui ne sera rien devenu, faute de temps.

Je vais attendre patiemment que la mort me cueille. Cela ne devrait plus tarder.

Je m'en vais avec amertume.

Je ne pensais pas qu'on puisse finir ainsi.

Je ne dis pas : malade.
Je dis : si seul.

Ton ami.

Eugène

j'y suis

À peine rentré de Drouot, je me suis assis au salon pour contempler ma folie du jour : un Vivant Denon, « Deux études de tête. Plume et encre brune sur traits de crayon noir. 12 × 11,5 cm. » La taille d'une main. 762 euros, commission comprise. Finirais-je par ressembler à ce vieux barbu au regard effaré qu'un éphèbe bouclé a l'air de vouloir consoler ? Voilà bien l'hypothèse qui me semblait expliquer que j'aie repéré ce dessin dans le catalogue d'hommage à René Huyghe (« hommage » : quel drôle de mot pour désigner une vente visant à liquider les biens d'un homme). J'ai posé délicatement mon trésor sur la table basse. Marceau n'allait pas tarder à arriver et je me suis demandé si l'appartement nécessitait un tant soit peu de rangement, préoccupation absurde quand on connaît mon sens de l'ordre et du ménage. J'ai observé pour la énième fois le papier peint beige en herbes tressées qui date de mon arrivée ici en 81. À l'époque, c'était très tendance. On allait également jusqu'à recouvrir les beaux parquets de moquette, sacrilège quand on y pense aujourd'hui. Mes amis étaient souvent surpris à la découverte de cet intérieur cossu. En cause : les meubles racés que j'avais hérités de mes parents, disparus coup sur coup pendant mon adolescence. Tout compte fait, je n'ai pas tellement modifié l'appartement depuis mon emménagement. De nouveaux objets sont venus réduire l'espace dévolu aux anciens (je ne sais même plus où accrocher mes récents achats ; je les exhibe les rares soirs où je reçois), je connais leur place par cœur, je pourrais passer le chiffon les yeux fermés. L'orphelin aura ainsi vécu toute sa vie d'adulte au milieu du précoce héritage : mêmes commodes massives, mêmes trumeaux aux murs, et il faut croire que mon refuge – pareil à mon corps : toujours semblable mais vieilli – doit paraître aujourd'hui totalement daté, un musée taillé pour la curiosité qu'on peut trouver à replonger dans une époque révolue, comme de détailler les décors d'un film de Claude Sautet, par exemple (je ne sais même plus si j'aime toujours autant ce cinéma ou si je m'inflige des bouffées nostalgiques les jours où j'ai besoin de me raccrocher à quelque chose).

Quittant des yeux mon papier peint d'appartement témoin, j'ai mis – via l'enceinte Bluetooth que Marceau m'a incité à acheter (il m'a accompagné au Darty de République comme si je n'étais pas capable de la trouver tout seul) – un album de Wim Mertens. Préparer l'arrivée du gosse, me suis-je dit. On doit toujours s'agiter un peu avant la visite d'un ami. Comme disposer deux verres sur la table basse pour l'apéritif. Hop, hop. Et aérer. Dieu merci, Marceau ne vient pas ici comme l'on rendrait visite à un vieil oncle. Du moins, je ne crois pas. Je me sentais plein d'entrain à l'idée de passer un moment avec lui. Oserais-je dire que mes journées sont parfois longues ? Surtout quand je n'écris pas et qu'il ne se passe rien chez Drouot. J'ai failli sortir un cendrier, et puis je me suis souvenu que cette génération ne fume pas. La génération de Marceau prend soin d'elle, mange bio, et ne manque jamais de nous féliciter pour le monde dévasté que nous nous apprêtons à lui laisser.

Il n'a pas tardé à tambouriner à la porte. Je lui ai ouvert et il est entré en trombe, semblant rebondir sur ses baskets aux semelles larges et affreuses qu'il a retirées aussitôt. C'est son habitude de se déchausser en arrivant. Il portait des chaussettes bleu canard. Il a déposé un baiser rapide sur ma joue.

Marceau a vingt-trois ans. C'est un provincial issu de la classe moyenne. Curieux alliage de fougue toute juvénile et d'une pondération qui n'est pas de son âge. Après des études de lettres, il est devenu influenceur sur les réseaux. Cela consiste (avec lui, je découvre des continents) à se mettre en scène – sur Instagram essentiellement – avec des produits que les marques lui procurent (allant de la machine à espresso jusqu'à je ne sais quelle crème pour le visage) et à être payé pour ça. Il le fait « en attendant », comme il dit. Nous nous sommes rencontrés lors d'une signature en librairie. Il m'a abordé le plus naturellement du monde. Nous nous sommes revus un soir, puis un autre. Depuis, le gosse passe pas mal de temps chez moi, le plus souvent en fin de journée avant de partir courir les rues de Paris avec sa bande. Marceau a lu presque tous mes livres, c'est touchant. Il écrit, comme de bien entendu. Je lis ses manuscrits, me fais mentor, l'encourageant à travailler et retravailler encore (un jour, je lui présenterai un éditeur ; pour le moment, l'enfant n'est pas mûr). En peu de temps, Marceau a pris une place indiscutable dans ma vie, il y exerce une forme d'autorité qui ne m'est pas désagréable. J'ai donc été moyennement étonné d'apprendre, trois minutes après son arrivée, qu'il envisageait (avait décidé) d'installer Grindr sur mon portable.

— Qu'est-ce que tu veux que je fasse de ce truc à mon âge ?

Il a planté son regard dans le mien. On a du mal à distinguer les deux billes noires sous les mèches qui passent comme des lianes sur son front.

— Olivier, tu crèves de solitude. Très clairement, tu dois rencontrer quelqu'un.

Je lui ai adressé une moue sceptique.

— Par exemple, a-t-il repris sûr de son fait, tu n'as pas remarqué un truc chelou dans ton frigo ?

— Parce que tu fouilles dans mon frigo maintenant ?

Il s'est levé et m'a fait signe de le suivre. Marceau est une tornade. Je mets toujours un bon quart d'heure pour me faire à son rythme. Il m'a conduit dans la cuisine et il a ouvert mon Liebherr.

— Tu ne remarques rien ?

J'ai pris le temps d'examiner l'antre clairsemé.

— Mis à part que j'ai râpé des carottes et qu'elles croupissent dans un Tupperware parce que en réalité, je déteste les carottes, je devrais avoir compris avec l'âge, totalement sinistres les carottes, pourquoi pas manger une poire tant qu'on y est, donc non : à part ces carottes que je vais m'empresser de jeter sitôt que tu seras parti, je ne remarque rien.

— Tu as tout en double, Olivier… Tu as deux bouteilles de Perrier, deux bouteilles de Schweppes, deux fromages de chèvre.

— Il arrive que des gens passent chez moi, dis-toi.

— Deux plaquettes de beurre. Deux pots de moutarde.

— Je vis comme Duras. Marguerite partait du principe qu'il faut toujours avoir un coup d'avance avec certains produits essentiels car, en matière ménagère, 1 = 0 là où 1 + 1 = 1. Enfin, je ne sais même pas pourquoi je te dis ça : tu ne manges pas.

— Tu as deux vaccins contre la grippe, Olivier ! Sérieux ! Tu attends quelqu'un. Dans ta vie. Tu partages l'existence de quelqu'un qui n'est pas encore là.

J'ai repensé au titre de mon dernier roman : *On attend quelqu'un qui ne viendra pas*. Je n'ai pas fait part de cette décourageante association d'idées à Marceau, lequel a refermé le frigo et s'est attablé.

— File-moi ton portable. Et je veux bien du vin.

Je n'ai pas pris la peine d'aller chercher les verres au salon. J'en ai sorti deux autres du placard et j'ai ouvert un côtes-du-rhône pendant qu'il renseignait des informations me concernant sur l'application censément providentielle. J'ai contemplé ses pieds qu'il frottait machinalement l'un contre l'autre.

Marceau n'a pas connu le Minitel, ai-je songé, ni les petites annonces de *Libé*, ni les rencontres furtives aux Tuileries ou sur les quais de Bercy. Moi si. Le cœur battant de la baise clandestine, les quelques extases, trop rares, le sentiment d'humiliation sur le chemin du retour : je sais ça ; Marceau non.

— Tu mesures combien ?

Voilà qu'il fallait donner ma taille, mon poids, mon statut VIH.

— Ma… « position » ?

— Ben oui : t'es actif ou passif ? Vas-y, on se connaît maintenant.

Il a tendu le visage vers moi, comme on attend d'un enfant la réponse à une question élémentaire.

— Alors ? Je mets quoi ? Polyvalent ?

— C'est ça, ai-je soupiré. Polyvalent.

— Il faut une photo de toi aussi.

— Alors ça, jamais !

Il a sursauté.

— J'ai un nom, moi ! J'ai plusieurs prix littéraires, mon coco ! Je ne vais pas tout ruiner en affichant ma tête : « Écrivain de soixante ans cherche âme sœur. » Non. Je n'ai pas travaillé à construire une œuvre pour devenir la risée du milieu en un clic !

— Olivier : le milieu, comme tu dis, n'est pas rivé à Grindr. L'idée, c'est de te trouver un compagnon.

Il a dit : *compagnon*. Pas : *amoureux*. Marceau n'est pas idiot.

Il a bu une gorgée de vin et grimacé.

— Bouchonné ?

— Tu finiras par tous nous empoisonner.

— Il est médaille d'argent.

— Je ne te demande pas de te convertir au vin nature du jour au lendemain, mais enfin : même pas bio ni rien ! Tu imagines le taux d'intrants et de pesticides au centimètre carré dans cette bouteille ?

J'ai rebouché la fautive et j'ai ouvert un bordeaux quelconque, je pensais à tout autre chose.

— Alors là, ce n'est même pas la peine de me servir.

— Tu ne veux pas de mes vins ?

— Il n'y a pas plus dangereux pour la santé qu'un bordeaux, je te l'ai dit cent fois ! Je peux te montrer la carte de France des sols pollués, tu vas frémir.

Penaud, j'ai rebouché la deuxième bouteille et j'ai cherché du blanc au frais. Il y avait là deux sancerres entamés. De quand dataient-ils ? Impossible de m'en souvenir. Du dernier passage de Marceau chez moi ? Qui passe chez toi et que se passe-t-il dans ta vie ? me suis-je demandé avec un début de désarroi dans la gorge.

Avec Marceau, on a choisi une image de moi sur internet pour agrémenter mon profil Grindr. Une photo prise de trois quarts.

— Franchement, qui aurait envie de prendre contact avec ce débris ? ai-je fait remarquer.

— Tu n'es pas du tout un débris. À ton âge, Cocteau était tout racorni. Et Roland Barthes presque obèse.

Ça m'a ému que Marceau parle de Roland que j'ai connu les deux dernières années de sa vie. J'avais vingt ans et j'assistais à son séminaire. Il me demandait parfois de l'accompagner rue de Rennes. Je restais un peu à l'écart. Il se trouvait là des gigolos. Il avait l'habitude de les payer en avance – comme l'on verserait des arrhes – et de leur donner rendez-vous après le dîner qu'il m'offrait chez Lipp. Évidemment, un type sur deux ne se pointait jamais. Quand il les recroisait, quelques jours plus tard, il baissait les yeux sans oser rien dire.

Roland me manque. S'il était là, je sais ce qu'il dirait de Marceau, et de ces garçons autour de moi : ils sont si jeunes, et trop invulnérables ; ils nous tiennent en vie, lors même qu'ils profilent notre mort.

— C'était quand ton dernier plan ? a repris Marceau comme un médecin vérifierait un calendrier de vaccination.

— Je ne suis pas très « plan », tu sais bien.

— Disons : ta dernière histoire. Depuis que tu as quitté Manuel, j'entends.

J'ai rapidement fait l'inventaire de mon misérable tableau de chasse.

— En neuf ans, il a bien dû se passer des choses, a-t-il insisté. Comment il s'appelait ce type… Tu sais, totalement hétéro ?

— Le danseur, ai-je avoué.

— C'est ça.

— Lui, je ne le compte pas.

— Mais tu l'aimais bien, non ?

Ce faisant, Marceau continuait à tapoter sur mon portable.

— Tu acceptes que Grindr t'envoie des notifications ?

— Il y a eu Paul quand même…

— Ah oui. Paul. Pourquoi ça n'a pas marché ?

J'ai haussé les épaules. Avais-je vraiment envie de revenir là-dessus ?

— Je ne lui plaisais pas tant que ça.

— Tu te déprécies toujours.

— Je t'assure : je ne le faisais pas bander.

— C'est peut-être lui qui avait un problème. Et sinon ?

— Sinon, des trucs ratés, Marceau.

Il a relevé le front vers moi, comme cherchant à adoucir sa prochaine question qui n'en était pas une.

— Quelque chose s'est arrêté avec Manuel, tu penses ?

J'ai ressorti le côtes-du-rhône du réfrigérateur et je me suis servi un grand verre.

— Oui, ai-je martelé, objectivement, quelque chose s'est arrêté : une formidable histoire d'amour. Disons que j'ai tout foutu en l'air, comme d'habitude. On ne se refait pas.

— Moi, je pense que si.

— Eh bien, je te dis que non.

— Je vais te choquer, Olivier, mais je pense que tu ne t'autorises plus rien. Tu ne serais pas en train de mal vieillir ?

Ça m'a assommé. J'ai fini mon verre d'une traite.

Au début de notre amitié, tout impressionné qu'il était de converser avec l'écrivain et curieux de le découvrir « à la ville », Marceau me concédait une complexité. Il m'écoutait, posait des questions (plutôt finaudes), son attention me flattait, elle m'était douce aussi. Mais depuis que nous sommes familiers, Marceau a tendance à me claquemurer dans un portrait tracé à grands traits (la substantifique moelle de ce qu'il aura retenu de mes confidences).

Il dégaine chaque fois la même formule («Je vais te choquer»), tout ça pour livrer son sempiternel rapport d'autopsie («Tu ne t'autorises plus rien»). Mais n'est-ce pas là également une partie de son charme ? Y a-t-il vraiment à s'offusquer de ces embruns d'immaturité qu'un trait d'esprit vient toujours effacer l'instant d'après ?

Il m'a tendu le portable ouvert sur Grindr qui affichait une myriade de médaillons.

— Tu verras, c'est un peu trash quand on ne connaît pas. Ils ont assez peu de vocabulaire, je te préviens. Tu vas recevoir des photos de leur bite. Mais bon, tu en as vu d'autres.

Je me suis procuré récemment un filtre qui obscurcit l'écran de l'ordinateur pour éviter les maux de crâne ; on devrait inventer semblable protection pour les jeunes garçons trop francs, me suis-je dit ; une sorte de bâillon qui ferait tamis.

— Marceau, on va laisser tomber cette histoire de Grindr, tu veux bien ?

— Quand il s'agit de la rentrée littéraire, tu pars la fleur au fusil. Mais côté vie sentimentale et sexuelle…

J'ai contemplé son minois pâle et gracieux. Adorable, aurait dit Roland.

— Marceau, je vais te raconter une histoire. Regarde-moi. Lâche ce portable.

Il a obtempéré et soufflé sur sa frange.

— Ça se passe en 1979. C'est un homme qui a l'âge que j'ai aujourd'hui. Il a donné rendez-vous pour le déjeuner à un étudiant qui assiste à son séminaire et qu'il trouve très doué. Il se prépare comme on se préparerait à un rendez-vous amoureux. C'est peut-être pathétique mais, du haut de ses soixante-quatre ans, il choisit de s'abandonner à cette douce excitation, c'est irrésistible. Le déjeuner se passe bien, c'est-à-dire : cordialement. Une sorte de désespoir saisit alors l'homme. Qu'attendait-il d'autre que ça : un déjeuner de maître à élève ? Il a envie de pleurer. Il a soixante-quatre ans et il a envie de pleurer. Il savait que le garçon n'aurait aucun désir pour lui, mais c'est comme s'il découvrait *sur l'instant* que le garçon n'a aucun désir pour lui. Disons qu'il s'est raconté une histoire, du bout des lèvres, mais une histoire quand même. « J'ai joué un peu de piano pour O., à sa demande, sachant dès lors que j'avais renoncé à lui ; il avait ses très beaux yeux, et sa figure douce, adoucie par ses longs cheveux : un être délicat mais inaccessible et énigmatique, à la fois doux et distant. Puis je l'ai renvoyé, disant que j'avais à travailler, sachant que c'était fini, et qu'au-delà de lui quelque chose était fini : l'amour d'un garçon. »

Marceau est resté interdit, puis il a demandé d'une voix curieusement fluette, celle d'un enfant :

— Qui parle ?

— Roland. Roland Barthes.

— Alors… toi aussi, tu as renoncé ?

On ne comprend que ce qu'on veut bien comprendre. Ou alors on feint de ne pas avoir saisi.

— Je dois y aller, a-t-il marmonné.

J'ai suivi Marceau au salon. Je l'ai regardé enfiler ses chaussures de super-héros.

Il sera donc passé trois fois devant le Vivant Denon sans même le voir.

Après son départ, j'ai remis Wim Mertens. *Darpa.* Je me suis resservi un verre aussi. Je n'ai jamais pensé à demander à Marceau le nom de son parfum. Il laisse toujours un sillage poivré de freesia qui persiste longtemps après.

J'ai songé une fois encore à Roland, à ce dernier déjeuner avec lui, je me suis revu découvrant bien plus tard dans son livre – *Incidents* –, publié à titre posthume, ce qu'il avait écrit de notre dernière entrevue. Ce qu'il appela le *délaissement.* J'y suis bel et bien, Roland. À ta place. Ça y est.

extraits & sources

Jacques Rigaut, *Écrits*, Gallimard, 1970.

Jean-Luc Bitton, *Jacques Rigaut, le suicidé magnifique*, Gallimard, 2019.

Pierre Drieu la Rochelle, « La valise vide », in *La Nouvelle Revue Française*, n° 571, octobre 2004.

Dominique Laure Miermont, *Annemarie Schwarzenbach ou le Mal d'Europe*, Payot & Rivages, 2012.

Dominique Grente et Nicole Müller, *L'ange inconsolable, une biographie d'Annemarie Schwarzenbach*, Lieu Commun, 1989.

Klaus Mann, *Journal. Les années brunes, 1931-1936*, Grasset, 1996.

Marguerite Yourcenar, *Feux*, Gallimard, 1974.

Jean Cocteau, *Vocabulaire ; Plain-Chant et autres poèmes (1922-1946)*, Poésie / Gallimard, 1983.

Raymond Radiguet, *Œuvre poétique*, La Table Ronde, 2001.

Nicolas de Staël, *Lettres 1926-1955*, Le Bruit du temps, 2016.

Peter Adam, *Eileen Gray, une biographie*, Adam Biro, 1989.

Sophie Chauveau, *Sonia Delaunay, la vie magnifique*, Tallandier, 2019.

Roland Barthes, *Incidents*, Seuil, 1987.

remerciements

« J'ai le soleil au moins » a initialement été publiée dans le recueil *Les uns, les autres* (collection « Les passe-murailles », Éditions Robert Laffont, 2018). Merci à Nathalène Arnoux et à Emmanuelle Dugain-Delacomptée de m'avoir convié. Merci aux Éditions Robert Laffont de m'avoir permis de faire figurer cette histoire ici.

« Je n'ai pas besoin d'amour » est très librement inspirée de *La naissance du jour* de Colette (GF Flammarion, 1984).

Merci au festival Oh les beaux jours ! de Marseille (Fabienne Pavia et Nadia Champesme) auquel je dois « J'y suis ».

Merci à Jeanne et Yves.
Merci à Alix et Florent.

Ce recueil a été écrit entre l'hiver 2017 et l'été 2021.

Œuvres d'Arnaud Cathrine (suite)

À la place du cœur, *saisons 1 à 3, coll. « R », Éditions Robert Laffont, 2016-2018*

Andrew est plus beau que toi *(avec The Anonymous Project), Flammarion, 2019*

Romance, *coll. « R », Éditions Robert Laffont, 2020*

Succession, *suivi de* Sérénades, *Actes Sud-Papiers*, 2020

Les nouvelles vagues, *coll. « R », Éditions Robert Laffont, 2021*

Composition : Entrelignes (64)
Achevé d'imprimer
par CPI Firmin-Didot
à Mesnil-sur-l'Estrée, en décembre 2021
Dépôt légal : décembre 2021
Numéro d'imprimeur : 167286

ISBN : 978-2-07-294561-8/Imprimé en France

394737